Michael Moorcock

Michael Moorcock naît à Londres le 18 décembre 1939, à temps pour voir les bombes allemandes rythmer sa petite enfance : de là sa vision du monde comme apocalypse lente sous l'obscure clarté de l'entropie. Son père, ingénieur, l'inscrit en vain dans des cours privés successifs ; à quinze ans, il rompt avec l'entropie scolaire. Ce qui lui plaît, c'est le rock : il est guitariste et chanteur dans plusieurs groupes, dont l'un part en Europe du Nord, où le feu des soirées brûle sur les paysages glacés. Il aime écrire : il publie son premier texte dans un fanzine, à douze ans ; à dix-huit ans il devient rédacteur en chef de *Tarzan Adventures*, un périodique pour la jeunesse. Nous sommes en 1957 à Londres, une ville où les choses vont très vite : les civilisés, gris de fatigue, sentent brusquement qu'ils ont nourri des jeunes barbares flamboyants. Les premières aventures d'Elric publiées en 1961, donnent le branle à une cascade de héros qui survolent les horreurs de la Terre avec un détachement cynique ; Sojan, Kane, Corum, Dorian Hawkmoon, Erekosë, Jerry Cornelius, Von Bek, Oswald Bastable, ont chacun leur monde crépusculaire, mais leur errance les conduit sur les routes du multivers où ils se rencontrent et comprennent qu'ils sont des incarnations d'un seul et même antihéros archétypal : le Champion Éternel, déstabilisé par la guerre sans merci de l'Ordre et du Chaos. Autre bataille : celle que Moorcock, à la tête de la revue *New Worlds* et des auteurs modernes (1964-1969), livre aux traditionalistes. Quel jeu de jambes !

LE ROI DES ÉPÉES

DU MÊME AUTEUR
CHEZ POCKET

NOMADE DU TEMPS

1. LE SEIGNEUR DES AIRS
2. LE LÉVIATHAN DES TERRES
3. LE TSAR D'ACIER

CYCLE D'ELRIC

1. ELRIC DES DRAGONS
2. LA FORTERESSE DE LA PERLE
3. LE NAVIGATEUR SUR LES MERS DU DESTIN
4. ELRIC LE NÉCROMANCIEN
5. LA SORCIÈRE DORMANTE
6. LA REVANCHE DE LA ROSE
7. L'ÉPÉE NOIRE
8. STORMBRINGER
9. ELRIC À LA FIN DES TEMPS

LÉGENDE DE HAWKMOON

1. LE JOYAU NOIR
2. LE DIEU FOU
3. L'ÉPÉE DE L'AURORE
4. LE SECRET DES RUNES
5. LE COMTE AIRAIN
6. LE CHAMPION DE GARATHORM
7. LA QUÊTE DE TANELORN

LA QUÊTE D'EREKOSË

1. LE CHAMPION ÉTERNEL
2. LES GUERRIERS D'ARGENT
3. LE DRAGON DE L'ÉPÉE

LES LIVRES DE CORUM

1. LE CHEVALIER DES ÉPÉES
2. LA REINE DES ÉPÉES
3. LE ROI DES ÉPÉES
4. LA LANCE ET LE TAUREAU
5. LE CHÊNE ET LE BÉLIER
6. LE GLAIVE ET L'ÉTALON

LES CONTES DU LOUP BLANC

1. PAR-DELÀ LE MULTIVERS
2. LA GLOIRE D'ELRIC

SCIENCE-FICTION

Collection dirigée par Bénédicte Lombardo

MICHAEL MOORCOCK

LES LIVRES DE CORUM

LE ROI DES ÉPÉES

Traduit de l'anglais par Bruno Martin

POCKET

Titre original :

THE KING OF THE SWORDS

ISBN : 2-266-14187-2

N.B. Malgré nos recherches, nous n'avons pas réussi à retrouver les ayants droit de la traduction de ce roman. Il est bien entendu qu'un compte leur est ouvert aux éditions Pocket auxquelles ils peuvent s'adresser.

PREMIÈRE PARTIE

Où le Prince Corum voit la sérénité faire place au conflit

1

LA FORME SUR LA COLLINE

Il n'y avait pas longtemps, des hommes périssaient et d'autres pensaient mourir. Mais le palais du Roi Onald, réparé, repeint, s'ornait une nouvelle fois de fleurs et les remparts ressemblaient de nouveau à des balcons et à des jardins suspendus. Cependant, le Roi Onald de Lywm-an-Esh ne verrait pas renaître de ses ruines sa ville de Halwyg-nan-Vake, car la mort l'avait frappé durant le siège. Sa mère resterait régente jusqu'à la majorité de son fils.

On voyait encore des échafaudages en divers endroits de la Cité des Fleurs, le Roi Lyr-a-Brode et ses barbares ayant causé de grands dommages. On érigeait des statues nouvelles, on ouvrait des fontaines et il devenait évident que la calme splendeur de Halwyg serait restaurée et encore enrichie. Ainsi en allait-il par tout le Royaume de Lywm-an-Esh.

De même, par-delà la mer, à Bro-an-Vadhagh. Les Mabdens étaient repoussés dans le pays d'où ils avaient surgi à l'origine, Bro-an-Mabden, le sombre continent du Nord-Est. Et, de nouveau, ils tremblaient devant la puissance des Vadhaghs.

Dans ce doux pays de collines, de profondes forêts, de rivières placides et de larges vallées qu'était Bro-an-

Vadhagh, seules subsistaient les ruines de Kalenwyr... On les évitait, mais on se les rappelait.

Et au large de la côte, dans les îles des Nhadraghs, les quelques survivants des tueries mabdens — des êtres dégénérés et effrayés — avaient toute liberté de poursuivre leurs existences. Peut-être des épaves de Nhadraghs engendreraient-elles des enfants plus fiers et leur race connaîtrait-elle de nouveau la grandeur, comme en ses siècles de gloire, et cela avant que trop d'années se soient écoulées.

La paix s'établissait sur le monde. Les gens revenus en ce lieu au sein de la Cité dans la Pyramide, la magique Gwlas-cor-Gwrys, s'affairaient à remettre en état les châteaux et les terres ravagés des Vadhaghs. Ils abandonnaient leur étrange cité de métal en faveur des demeures traditionnelles de leurs ancêtres. Pour le moment à peu près déserte, Gwlas-cor-Gwrys se dressait parmi les pins d'une lointaine forêt, à proximité d'une forteresse mabden démantelée.

Il semblait qu'une ère nouvelle de merveilleux bonheur s'ouvrait pour les Mabdens de Lywm-an-Esh et les Vadhaghs, sauveurs du pays. Oubliée, la menace du Chaos. Maintenant, deux des trois Domaines — ou dix Plans sur quinze — se soumettaient à la Loi. Celle-ci était-elle donc la plus forte ?

Syrely le pensait. La Reine Crief, régente de Lywm-an-Esh, le croyait et l'affirmait à son petit-fils, le Roi Analt, et le petit Roi le répétait à ses sujets. Le Prince Yurette Hasdun Nury, l'ex-Chef de Gwlas-cor-Gwrys, en était convaincu. Et le reste des Vadhaghs également.

Un seul Vadhagh ne manifestait toutefois pas autant de confiance. Il était différent des autres de sa race, bien qu'il eût la même prestance, la même tête allongée, la peau rose et mouchetée d'or, les cheveux blonds, un œil jaune et violet en forme d'amande. Mais, dans l'orbite droite, il portait un objet à facettes comme un œil de mouche et, au lieu d'une main gauche, une sorte de gantelet à six doigts incrusté de gemmes sombres. Il se vêtait d'une robe écarlate. C'était Corum Jhaelen Irsei, qui avait tué des dieux et en avait fait bannir d'autres, qui ne souhaitait plus que la paix mais ne pouvait se fier à celle qu'il connaissait, qui avait horreur de son œil et de sa main insolites, bien qu'ils lui eussent maintes fois sauvé la vie et, du même coup, sauvé Lywm-an-Esh et Bro-an-Vadhagh et affermi la cause de la Loi.

Pourtant, Corum, malgré le poids de sa destinée, savourait la joie de voir renaître son antique foyer, car on reconstruisait le château d'Erorn sur le cap où il se dressait depuis des siècles quand Glandyth-a-Krae l'avait rasé. Des tours fines et teintées s'élançaient de nouveau contre le ciel, dominant la mer toute blanche et verte d'agitation, qui bondissait sur les roches, entrant dans les cavernes marines et en ressortant, comme avec allégresse, parce que Erorn reprenait sa grandeur.

A l'intérieur, l'ingéniosité et l'habileté des artisans de Gwlas-cor-Gwrys avaient reconstitué les murs sensibles, qui changeaient de forme et de couleur au gré des éléments, les instruments musicaux de cristal et d'eau qui joueraient des mélodies diverses selon les positions variées qui leur seraient données. Il était toutefois impossible de remplacer les peintures, les sculptures et les manuscrits que Corum et ses ancêtres avaient produits en des temps plus cléments, car Glandyth-a-Krae les avait détruits, comme il avait massacré le Prince Khlonskey, père de Corum, sa mère Colatalarna, ses sœurs jumelles, son oncle, son cousin et leurs clients.

En songeant à tout ce qu'il avait perdu, Corum sentait grandir sa vieille haine envers le Comte mabden. On n'avait pas retrouvé le corps de Glandyth parmi les morts devant Halwyg, pas plus que ceux de ses conducteurs de chars, les Denledhyssis. Glandyth avait disparu… ou peut-être avait-il péri avec ses hommes en quelque lointaine bataille. Il fallait à Corum toute sa volonté pour empêcher son esprit de s'attarder sur Glandyth et ses méfaits. Il préférait imaginer de nouveaux embellissements à son château d'Erorn pour le bonheur de sa femme bien-aimée, Rhalina, Margravine d'Allomglyl, pour lui faire oublier qu'elle avait retrouvé sa demeure si parfaitement rasée par Glandyth que l'on n'en voyait plus que quelques pierres dans les eaux au pied du Mont Moidel.

Jhary-a-Conel, qui admettait rarement pareil sentiment, se laissait impressionner par le château d'Erorn. Il l'inspirait à écrire des sonnets, qu'il leur lisait souvent avec insistance. Il peignait également des portraits de Corum en robe écarlate, de Rhalina en brocart bleu, d'une assez bonne tenue, et surtout des autoportraits, que l'on retrouvait dans bien des salles d'Erorn. Jhary passait en outre une partie de son temps à dessiner pour lui-même des costumes splendides, se constituant des garde-robes au complet, et il essayait de nouveaux chapeaux, si attaché qu'il fût à son vieux feutre qu'il coiffait souvent.

Son petit chat noir et blanc aux ailes noir et blanc voletait parfois à travers les halls, mais on le trouvait le plus souvent endormi dans quelque endroit confortable.

Ainsi passaient les jours.

La côte sur laquelle se dressait le château d'Erorn était bien connue pour la modération de ses étés, la tiédeur de ses hivers. Les terres livraient deux — et parfois trois — récoltes dans l'année, en temps normal. Peu de gelées et une seule chute de neige durant le mois le plus froid. Il se passait même des hivers sans la moindre neige. Mais, l'hiver qui suivit la restauration du château, la neige vint rapidement et ne s'arrêta pas de tomber avant que pins et hêtres fussent lourdement chargés de blancheur étincelante ou totalement recouverts. La couche de neige était si épaisse qu'en certains endroits un homme à cheval pouvait s'y dissimuler et, bien que le soleil rouge brillât toute la journée, il ne faisait pas fondre la neige de façon significative. D'ailleurs, une nouvelle chute survenait aussitôt.

Corum lisait une menace dans ce temps insolite. Ils vivaient bien au château et ne manquaient de rien. Parfois, un vaisseau céleste amenait quelque visiteur d'une des autres demeures reconstruites. Les Vadhaghs récemment rapatriés n'avaient pas renoncé à leurs nefs volantes en quittant Gwlas-cor-Gwrys, aussi ne courait-on plus le risque de se trouver coupé du monde. Pourtant, Corum était nerveux, et Jhary l'observait avec un certain amusement, alors que Rhalina prenait cet état au sérieux et s'évertuait à l'apaiser chaque fois que possible, car elle était persuadée qu'il songeait toujours à Glandyth.

Un jour, Corum et Jhary, du balcon d'une haute tour, contemplaient l'étendue blanche du continent.

« Pourquoi le temps m'inquiète-t-il ? » demanda Corum. « Depuis nos aventures, j'ai tendance à voir partout la main des dieux. Et pourquoi les dieux se donneraient-ils la peine de faire neiger ? »

Jhary haussa les épaules. « Rappelez-vous que dans les Plans assujettis à la Loi on prétend que le monde est sphérique. Peut-être s'est-il donc de nouveau arrondi, et qu'il en résulte un changement du climat normal dans certaines régions. »

Corum secoua la tête, intrigué, entendant à peine les paroles de Jhary. Appuyé au parapet enneigé, il clignait les paupières devant la réverbération de la couche de blancheur. Au lointain se dessinait une ligne de hauteurs aussi blanches que le reste du paysage. Il les examinait. « Quand Bwydyth-a-Horn est venu en visite la semaine dernière, il nous a dit qu'il en était ainsi dans tout le pays de Bro-an-Vadhagh. On ne peut s'empêcher de chercher une explication à un phénomène aussi inattendu. » Il renifla l'air pur et froid. « Mais pourquoi le Chaos nous enverrait-il un peu de neige, puisque cela ne gêne personne ?

— Cela contrarie peut-être les cultivateurs de Lywm-an-Esh », observa Jhary.

« Exact... Mais Lywm-an-Esh n'a pas subi une chute de neige aussi abondante. On dirait que quelque chose s'efforce de... nous congeler... nous paralyser.

— Le Chaos recourrait à des moyens plus sensationnels qu'une chute de neige, même importante », souligna Jhary.

« A moins qu'il ne puisse faire mieux, maintenant que la Loi gouverne deux des Domaines.

— Je n'en suis pas convaincu. Je pense plutôt que c'est la volonté de la Loi. Le résultat de quelques petites modifications géographiques visant à débarrasser nos cinq Plans des derniers effets du Chaos.

— Je reconnais que ce serait l'explication la plus logique », fit Corum en hochant la tête.

« Si toutefois cela exigeait une explication.

— Oui. Je suis trop soupçonneux. Vous avez sans doute raison. » Il se tournait déjà pour regagner la poterne de la tour quand Jhary lui posa la main sur le bras. « Qu'y a-t-il ? »

Jhary répondit d'un ton calme : « Regardez les collines !

— Les collines ? » Corum examina les lointains. Il éprouva un choc. Il avait perçu un mouvement.

Il crut d'abord qu'il s'agissait d'un animal de la forêt, quelque renard en quête d'une proie. Mais c'était trop grand. Trop grand aussi pour un homme, même à cheval. La forme lui était familière et pourtant il ne se rappelait pas où il l'avait déjà vue. Cela vacillait comme entre deux Plans. Cela commença à s'éloigner en direction du nord. Cela s'arrêta et dut se retourner, car Corum eut l'impression qu'on l'observait. Sans qu'il le veuille, sa main endiamantée se porta à son œil à facettes, touchant le bandeau qui lui cachait ce terrifiant monde inférieur d'où il avait évoqué dans le passé des alliés surnaturels. Il dut faire effort pour baisser la Main.

Associait-il cette forme avec une chose qu'il avait aperçue dans les Limbes ? Ou était-ce quelque créature du Chaos revenue mener la guerre contre Erorn ?

« Je ne perçois pas si c'est une bête ou un homme », dit Jhary.

Corum eut du mal à répondre. « Ni l'une ni l'autre », finit-il par affirmer.

La forme avait repris son chemin, franchi la colline et disparu.

« Le vaisseau du ciel est encore en bas », dit Jhary. « Si nous suivions cette chose ? »

Corum avait la gorge sèche. « Non », dit-il.

« Savez-vous ce que c'était ? L'avez-vous donc reconnue ?

— Je l'ai déjà vue. Mais je ne me rappelle ni où ni dans quelles circonstances. Est-ce que... cela m'a regardé, Jhary, ou n'est-ce que mon imagination ?

— Je comprends. Une sensation curieuse... comme lorsque l'on croise accidentellement le regard d'un autre.

— Oui… quelque chose de cet ordre.

— Je me demande ce que cela nous voulait, ou si c'est en rapport avec la neige d'une manière ou d'une autre.

— Je ne l'associe pas à la neige. Je pense plutôt à… du feu ! Je sais ! Je me rappelle où je l'ai vue… ou quelque autre chose qui lui ressemble… Dans les Terres de Flamme, après que j'eus étranglé… après que cette main eut étranglé Hanafax. Je vous l'ai raconté ! »

Avec un frisson, il revivait la scène. La Main de Kwll écrasant la vie de Hanafax, qui se débattait en criant ; Hanafax, qui n'avait fait aucun mal à Corum. Les flammes grondantes. Le cadavre. La Reine Ooresé, aveugle, le visage impassible. La colline. La fumée. Une silhouette dressée sur la hauteur, qui l'observait, obscurcie par une soudaine volute de fumée.

« Peut-être n'est-ce que folie », murmura-t-il. « Ma conscience qui me rappelle que j'ai pris une âme innocente en tuant Hanafax. Je repense à ma culpabilité, et elle se dresse devant moi comme un fantôme accusateur au sommet d'une hauteur.

— Belle théorie ! » fit Jhary, assombri. « Mais je n'ai rien à voir dans le meurtre de Hanafax et je ne souffre pas de ces sentiments de culpabilité dont vous parlez sans cesse. Or j'ai été le premier à apercevoir cette forme, Corum.

— C'est vrai… C'est vrai… » La tête basse, Corum franchit la poterne d'un pas mal assuré. De son œil mortel, des larmes coulaient.

Alors que Jhary allait refermer la porte sur lui, Corum se retourna et leva les yeux vers son ami.

« Alors, qu'était-ce, Jhary ?

— Je ne sais pas, Corum.

— Mais vous savez tant de choses ?

— Et j'en oublie beaucoup. Je ne suis pas un héros. Je

suis un compagnon de héros. J'admire. Je m'émerveille. J'offre de sages conseils, que l'on écoute rarement. Je sympathise. Je sauve des vies. J'exprime les peurs qu'il n'est pas permis au héros de laisser voir. Je conseille la prudence...

— Assez, Jhary! Vous plaisantez?

— Probablement. Mais, moi aussi, je suis fatigué, mon ami. Je suis fatigué de la compagnie de héros tristes, de ceux qui sont voués à des destins terribles... sans parler de leur manque d'humour. J'apprécierais la compagnie de gens ordinaires pour un temps. Je boirais dans les tavernes. Je raconterais des histoires obscènes. Je pèterais. Je perdrais la tête entre les bras d'une putain...

— Jhary! Vous ne plaisantez plus! Pourquoi me dites-vous tout cela?

— Parce que je suis las de... » Jhary fronça les sourcils. « Pourquoi, en vérité, Prince Corum? Cela ne me ressemble pas. Cette voix hargneuse... c'était bien la mienne!

— Oui. » Corum plissait le front lui aussi. « Et cela ne me plaît pas du tout. Tenez, si vous aviez cherché à me provoquer, Jhary, alors...

— Attendez! » Jhary porta la main à sa tête. « Attendez, Corum! J'ai l'impression que quelque chose tente de prendre possession de mon esprit, de me retourner contre mes amis. Concentrez-vous! Ne vous sentez-vous pas de même? »

Corum regarda durement Jhary un moment, puis son expression coléreuse fit place à la curiosité. « Oui. Vous avez raison. Une sorte d'ombre lancinante au fond de ma tête. Elle évoque la haine, la discorde. Serait-ce l'influence de cette chose que nous avons vue sur la colline? »

Jhary secoua la tête. « Qui sait? Je vous demande pardon de ma sortie. Je ne crois pas que c'était moi-même qui vous parlais.

— Veuillez également m'excuser. Espérons que cette ombre va se dissiper! »

Silencieux et pensifs, ils descendirent dans la partie principale de la demeure.

Les murs argentés frissonnaient. Ce qui signifiait que la neige s'était remise à tomber au-dehors.

Rhalina les rencontra dans une des galeries où fontaines et cristaux chantaient doucement une composition du père de Corum, un chant d'amour à la mère de Corum. C'était apaisant et Corum réussit à lui sourire.

« Corum », dit-elle « il y a un instant, j'ai été prise d'une étrange fureur que je ne saurais expliquer. La tentation m'a pris de frapper un des serviteurs. Je... »

Il la saisit dans ses bras. Il lui baisa le front. « Je sais. Jhary et moi avons éprouvé le même sentiment. Je crains que le Chaos ne nous sape subtilement en nous dressant les uns contre les autres. Il faut résister à ces impulsions. Il faut en trouver la cause. Quelque chose veut nous pousser à nous entre-détruire, je pense. »

Il lut l'horreur dans ses yeux. « Oh! Corum!...

— Nous devons résister », insista-t-il.

Jhary se gratta le nez, de nouveau en possession de lui-même. Il haussa un sourcil. « Je me demande si nous sommes les seuls à souffrir de ce... de cette possession. Et si cela se produisait dans tout le pays, Corum? »

2

LE MAL SE RÉPAND

La nuit, étendu près de Rhalina, Corum avait les pires pensées. Parfois, sa vision était celle de son ennemi détesté, Glandyth-a-Krae, mais parfois aussi du Seigneur Arkyn de la Loi, auquel il commençait à imputer toutes ses difficultés et ses misères, et parfois de Jhary-a-Conel, dont l'ironie naturelle assumait un aspect de méchanceté facétieuse, et parfois encore de Rhalina, dont il pensait qu'elle l'avait accaparé, le détournant de son vrai destin. Ces dernières hallucinations étaient les plus affreuses et il luttait contre elles plus farouchement encore que contre les autres. Il sentait son visage se convulser de haine, ses doigts se crisper, ses lèvres se retrousser en un rictus, son corps trembler de rage et du désir de tuer.

Maintenant, il devait résister à ces affreuses impulsions toutes les nuits. Et il savait que Rhalina menait le même combat... repoussait la furie qui lui envahissait le cerveau. Une furie déraisonnable, une furie sans but et qui pourtant se portait sur n'importe quoi pour trouver un exutoire.

Visions sanglantes. Tortures et mutilations pires que celles qu'il avait subies aux mains de Glandyth. Et c'était *lui-même* le tortionnaire, et ses victimes étaient ceux qu'il aimait le plus.

Souvent, il s'éveillait en hurlant. Il répétait ce seul mot : « Non ! Non ! Non ! », sautait du lit et regardait méchamment Rhalina.

Et Rhalina lui rendait ses regards.

Elle retroussait les lèvres sur ses dents blanches, ses narines se dilataient comme celles d'une bête féroce. Et il lui échappait de la gorge des bruits étranges.

Alors, il dominait ses impulsions, pleurait sur elle en lui rappelant ce qui leur arrivait. Et ils s'élançaient dans les bras l'un de l'autre, vidés d'émotion.

La neige commençait à fondre. On eût dit qu'après avoir instillé les maux de la fureur et de la méchanceté elle pouvait maintenant se retirer. Un jour, Corum se précipita à l'extérieur pour la frapper follement de son épée, la maudissant, lui imputant tous leurs tourments.

Mais Jhary avait acquis la certitude que la neige n'avait été qu'un incident naturel, une coïncidence. Il courut derrière son ami pour le calmer. Il réussit à lui faire rengainer son épée.

Ils restèrent à grelotter dans la clarté matinale, tous deux à demi vêtus.

« Et la forme sur la colline ? » haleta Corum. « Était-ce aussi une coïncidence ?

— Possible. J'ai idée que tout cela est arrivé en même temps parce qu'il est survenu quelque chose d'autre. Ce sont des indices. Vous comprenez ? Les présages d'un événement plus important.

— Ce qui nous arrive ne vous semble donc pas déjà assez désagréable ?

— Certes. »

Corum se rendit compte que son ami refusait de le contrarier. Il tenta de sourire. Il était épuisé. Toute son énergie s'employait à lutter contre ses terribles envies. Il s'essuya le front du revers de la main droite.

« Il doit bien y avoir un moyen de nous secourir. J'ai peur... J'ai peur...

— Nous avons tous peur, Prince Corum.

— J'ai peur de tuer Rhalina, quelque nuit. C'est la vérité, Jhary.

— Il vaut mieux que nous vivions désormais isolément, en nous bouclant chacun dans nos chambres. Les gens de la maison souffrent tout autant que nous.

— Je l'ai remarqué.

— Il faut les séparer, eux aussi. Dois-je les en avertir ? »

Corum tripotait la garde de son épée et son œil gauche, bordé de rouge, était écarquillé, perdu. « Oui », dit-il, l'air absent. « Dites-le-leur !

— Et vous ferez de même, Corum ? Je cherche en ce moment à préparer une potion... pour nous calmer et nous empêcher de nous faire du mal entre nous. Sans doute serons-nous moins alertes, mais cela vaut mieux que de nous entre-tuer.

— Nous entre-tuer ? Oui. » Corum regardait fixement Jhary. Le justaucorps de soie de ce dandy l'offensait, bien qu'il l'eût admiré il n'y avait pas si longtemps. Et l'homme avait une certaine expression. Qu'était-ce ? De la dérision ? Jhary se moquait-il de lui ?

« Pourquoi... » Il s'interrompit, comprenant qu'il était de nouveau possédé. « Il nous faudrait quitter le château d'Erorn », dit-il. « Peut-être qu'un... fantôme le hante à présent. Une force maligne laissée par Glandyth. C'est dans les possibilités, Jhary ; on m'a parlé de telles occurrences. »

Jhary paraissait sceptique.

« C'est une possibilité ! » s'emporta Corum. Pourquoi Jhary se montrait-il parfois si obstiné ?

« Une possibilité ? » Jhary se frotta le front et se pinça la racine du nez. Lui aussi avait les yeux rouges et tendance à écarquiller les yeux en tous sens. « Une possibilité, oui. Mais il faut nous en aller, vous avez raison. Nous devons voir si seul Erorn est affecté de la sorte. Nous devons chercher si le même mal règne en d'autres lieux. Si nous pouvons faire décoller le vaisseau céleste de la cour… La neige qui le recouvrait a fondu… Il faut aller… Je dois… » Il se tut un instant. « Voilà que je bafouille. C'est l'épuisement. Mais nous irons trouver un ami, peut-être le Prince Yurette, pour lui demander s'il est sujet aux mêmes impulsions.

— Vous l'avez déjà proposé hier », lui rappela Corum.

« Et nous étions d'accord, n'est-ce pas ?

— Oui. » Corum se mit à reculer d'un pas mal assuré vers les portes du château. « Nous étions d'accord. Tout comme avant-hier…

— Il faut procéder aux préparatifs. Rhalina restera-t-elle ici ou viendra-t-elle avec nous ?

— Pourquoi cette question ? C'est de l'impertinence… » Une fois de plus, Corum se domina. « Pardonnez-moi, Jhary !

— Bien sûr.

— Quelle est cette force qui nous possède ainsi ? Qui dresse de vieux amis l'un contre l'autre ? Et qui m'incite parfois à désirer tuer la femme que j'aime le plus au monde ?

— Ce n'est pas en nous figeant ici que nous le découvrirons ! » fit Jhary d'un ton plutôt sec.

« Très bien ! Nous allons prendre la nef volante. Nous irons voir le Prince Yurette ! Vous sentez-vous la force de piloter la machine ?

— Je la trouverai. »

Au fur et à mesure de la fonte des neiges, le monde tournait au gris. Les arbres, les collines, l'herbe paraissaient grisâtres. Même Erorn, avec ses tours aux couleurs merveilleuses, devenait gris, ainsi que les murs intérieurs.

En fin d'après-midi, avant le coucher du soleil, Rhalina appela Corum et Jhary. « Venez ! » criait-elle. « Des nefs volantes se dirigent vers nous, mais elles se comportent étrangement ! »

Ils se réunirent devant une fenêtre, face à la mer.

Au loin, deux vaisseaux célestes au métal brillant viraient et piquaient comme en une danse compliquée, frôlant l'océan gris puis reprenant leur essor à grande vitesse. On eût dit que chacun d'eux tentait de se placer derrière l'autre.

Rhalina réprima un cri.

« Ils utilisent ces armes... Ces armes terrifiantes qui ont anéanti le Roi Lyr et son armée ! Ils se battent, Corum !

— Oui, ils se battent », convint-il sombrement.

Un des vaisseaux se cabra soudain en l'air, parut s'immobiliser totalement. Puis il se retourna, et de minuscules silhouettes en tombèrent. Il se redressa alors. Il remonta vers l'autre nef, comme pour l'éperonner, mais l'engin parvint à éviter le choc de justesse et la machine endommagée poursuivit sa course, toujours plus haut dans le ciel, jusqu'à n'être plus qu'une ombre parmi les nuages.

Elle revint, piquant sur l'adversaire qui, cette fois, fut touché à la poupe et se mit à descendre en spirale vers la mer. L'autre plongea directement dans les flots et disparut. Un peu d'écume marqua un instant son point de pénétration.

Le vaisseau survivant se remit à l'horizontale et repartit de guingois vers la terre, vers la falaise qui se dressait de l'autre côté de la baie par rapport à Erorn, rectifiant sa course par secousses, puis arrivant enfin droit sur le château.

« Aurait-il l'intention de nous attaquer? » demanda Jhary.

Corum haussa les épaules. Il en était venu à considérer le château d'Erorn comme une prison hantée plutôt que comme son domaine ancestral.

Si le vaisseau volant s'écrasait sur les tours, ce serait presque comme s'il lui heurtait le crâne, chassant de son cerveau la rage terrifiante.

Mais la machine fit un écart au dernier instant et se mit à survoler en rond la vaste pelouse grise devant les portes, comme pour s'y poser.

L'atterrissage fut brutal et Corum vit un filet de fumée monter de la poupe et onduler mollement dans l'air. Des hommes descendirent en désordre de la nef. C'étaient sans nul doute des Vadhaghs, des hommes de haute taille avec des manteaux flottants et des cottes de mailles d'or et d'argent, des casques coniques, de minces épées à la main. Ils avancèrent dans la boue vers le château.

Corum fut le premier à reconnaître celui qui les menait. « C'est Bwydyth ! C'est Bwydyth-a-Horn ! Il doit avoir besoin d'aide. Venez, allons à sa rencontre ! »

Jhary n'y tenait guère, mais il ne dit rien et suivit Rhalina et Corum jusqu'aux portes.

Bwydyth montait déjà le sentier d'accès à l'entrée lorsque Corum ouvrit lui-même les battants et s'avança, interpellant leur ami.

« Salut, Bwydyth ! Soyez le bienvenu au château d'Erorn ! »

Mais Bwydyth ne répondit pas et continua de marcher.

Immédiatement, Corum Jhaelen Irsei fut pris de soupçons. Il les chassa. Encore cette ombre tapie dans son cerveau. Il sourit en ouvrant largement les bras.

« Bwydyth ! C'est moi... Corum ! »

Jhary marmonna : « Préparez-vous plutôt à tirer l'épée ! Quant à vous, Rhalina, rentrez, cela vaut mieux ! »

Elle lui lança un regard étonné. « Pourquoi ? C'est Bwydyth, et non un ennemi. »

Il la fixa des yeux un instant. Elle baissa la tête et suivit son conseil.

Corum luttait contre la colère qui s'enflait en lui. Il avait le souffle bruyant. « Si Bwydyth a l'intention de se battre, alors il va trouver...

— Corum ! » demanda instamment Jhary. « Gardez vos idées claires ! Il est possible que nous puissions le raisonner, car je crains qu'il ne souffre du même mal que nous. » Il cria : « Bwydyth, cher vieil ami ! Nous ne sommes pas vos ennemis ! Venez jouir de la paix d'Erorn ! Inutile de lutter, ici ! Nous connaissons tous ces fureurs subites, et il faut nous réunir pour discuter de leur nature et de leur cause, décider de la meilleure façon d'en découvrir l'origine ! »

Mais Bwydyth gravissait la pente sans répondre, suivi de ses hommes, au visage pâle et dur.

Leurs manteaux flottaient à la faible brise qui venait de se lever, l'acier de leurs épées ne brillait pas, aussi gris que le paysage.

« Bwydyth ! » cria Rhalina, derrière Corum et Jhary. « Ne cédez pas à ce qui s'est emparé de vos esprits ! Ne combattez pas Corum, c'est votre ami ! C'est lui qui a réussi à vous ramener dans votre pays natal ! »

Bwydyth s'immobilisa. Ses hommes aussi. Il regarda le Prince. « Raison de plus de vous haïr, Corum !

— Une raison de plus ? Quels sont donc vos autres motifs de haine envers moi ?

— Mais votre... vos affreuses difformités. Vous êtes

une atrocité pour la vue. Et votre alliance avec les démons. Et votre goût en matière de femmes et d'amis. Et votre couardise.

— Couardise, hein ? » grommela Jhary en portant la main à son épée.

Corum l'arrêta d'un geste. « Bwydyth, nous savons que nous sommes tous atteints d'une maladie mentale. Elle nous fait détester ceux que nous aimons, chercher à tuer ceux que nous désirons le plus voir vivre. Il est évident que le mal est sur vous comme sur nous, mais, si nous lui cédons, nous faisons le jeu de ce qui veut nous pousser à nous entre-détruire. Cela trahit les agissements de quelque ennemi commun... que nous devons trouver et écraser. »

Bwydyth, les sourcils froncés, abaissa son arme.

« Oui, il m'arrive de le penser aussi. Parfois, je me demande pourquoi la discorde sévit partout. Peut-être avez-vous raison, Corum. Oui, nous allons en parler. » Il commença à se tourner vers ses hommes : « Soldats, nous allons... »

Le plus proche d'entre eux se fendit en grondant de colère. « Imbécile ! Je savais que vous étiez fou ! Vous le prouvez à présent ! Mourez donc pour votre folie ! » L'épée traversa la cotte de mailles et s'enfonça dans le corps de Bwydyth. Il poussa un cri, gémit, tenta de s'approcher en chancelant de ses amis, puis tomba la tête en avant dans la neige fondante.

« Ainsi, le poison agit vite ! » constata Jhary.

Un autre homme était déjà sur celui qui avait abattu Bwydyth. Deux encore moururent en quelques instants. Les autres poussaient de cris de rage et de haine. Le sang jaillissait dans la clarté grise du soir.

Les gens civilisés de Gwlas-cor-Gwrys se massacraient les uns les autres sans raison. On eût dit autant de chiens se disputant une charogne.

3

LE RETOUR DU CHAOS

Bientôt, le sentier sinueux qui menait au château fut jonché de cadavres. Quatre hommes restaient debout quand il sembla leur passer quelque chose dans la tête. Ils braquèrent leurs yeux furibonds sur Corum et Jhary, toujours près de la porte. Les quatre reprirent leur ascension. Corum et Jhary préparèrent leurs épées.

La colère s'enflait sous le crâne de Corum et lui secouait le corps tant elle était violente. C'était un soulagement de pouvoir enfin lui donner libre cours. Poussant un hurlement à glacer le sang, il dévala la pente vers les assaillants, brandissant son épée étincelante, Jhary sur le talons.

Un des attaquants fut abattu au premier coup de pointe de Corum. Ces hommes avaient le visage maigre, les traits tirés de fatigue. On eût dit qu'ils n'avaient pas dormi depuis bien des jours. Normalement, Corum les aurait pris en pitié, aurait tenté de les désarmer, de les blesser légèrement. Mais sa propre fureur l'entraînait à tuer.

Et ils furent bientôt tous morts.

Corum Jhaelen Irsei, debout devant les corps, pantelait comme un loup enragé et le sang dégouttait de sa lame sur le sol gris. Il resta ainsi quelques instants, puis un faible son lui parvint aux oreilles. Il se tourna. Jhary-a-Conel était déjà agenouillé près de l'homme qui avait émis ce bruit. C'était Bwydyth, à l'agonie.

« Corum... » fit Jhary en relevant la tête. « Il prononce votre nom... »

Sa furie apaisée pour le moment, Corum vint à côté de Bwydyth. « Oui, mon ami », murmura-t-il.

« J'ai essayé, Corum, essayé de lutter contre ce que j'avais dans l'esprit. Pendant bien des jours. Mais finalement j'ai été vaincu. Je suis navré, Corum...

— Nous souffrons tous du même mal.

— Quand j'ai recouvré la raison, j'ai décidé de venir vous trouver dans l'espoir que vous connaîtriez un remède. Du moins pensais-je pouvoir vous avertir...

— C'est pourquoi votre nef volante se trouvait dans les parages, hein ?

— Oui. Mais on nous avait suivis. Il y a eu bataille, et toute ma rage s'est réveillée. Toute la race des Vadhaghs est en guerre, Corum... et Lywm-an-Esh ne vaut pas mieux... La discorde règne partout... » Sa voix s'affaiblit encore.

« Savez-vous pourquoi, Bwydyth ?

— Non... Le Prince Yurette espérait l'apprendre... Il a été également pris de folie meurtrière... Il est... mort... Toute raison est bannie... Nous sommes la proie de démons... Le retour du Chaos... Nous aurions dû rester dans notre cité... »

Corum hocha la tête. « Nul doute, c'est l'œuvre du Chaos. Nous sommes trop vite devenus paisibles, nous ne nous sommes plus méfiés... et le Chaos a frappé. Mais ce ne peut être Mabelode, car s'il venait sur notre Plan, il serait détruit comme Xiombarg. Il doit agir par des intermédiaires. Mais qui ?

— Glandyth ? » murmura Jhary. « Le Comte de Krae ? Tout ce qu'il faut au Chaos, c'est un volontaire. Si la volonté existe, pouvoir lui est donné. »

Bwydyth-a-Horn se mit à tousser. « Ah ! Corum ! veuillez me pardonner !...

— Il n'y a rien à pardonner puisque nous sommes tous

également possédés d'un mal contre lequel nous ne savons comment nous défendre.

— Découvrez ce que c'est, Corum... » Les yeux presque noirs de Bwydyth brillaient d'un feu insolite quand il se souleva sur le coude. « Détruisez ce mal si vous pouvez... Vengez-moi... Vengez-nous tous... »

Et Bwydyth mourut.

Corum tremblait d'émotion. « Jhary... Avez-vous fabriqué cette potion dont vous parliez?

— Presque, mais je ne prétends pas encore qu'elle soit agissante. Il se pourrait qu'elle ne supprime pas la folie.

— Faites vite! »

Corum se releva et retourna au château, rengainant son épée.

En franchissant la porte, il entendit un cri et bondit par les galeries grisâtres jusqu'à une salle remplie de jets d'eau brillants. Rhalina repoussait les attaques de deux servantes. Les femmes hurlaient comme des bêtes et la griffaient de leurs ongles. Corum tira de nouveau l'épée, la prit par la lame et frappa du pommeau l'une des femmes, à la base du crâne. Elle s'écroula et l'autre pivota, l'écume aux lèvres. Corum fonça et la frappa à la mâchoire, de sa main ornée de joyaux. Elle tomba à son tour.

La rage remontait en lui. Il regardait méchamment Rhalina. « Qu'avez-vous fait pour les offenser? »

Elle resta stupéfaite. « Moi? Rien, Corum. Corum! Je n'ai rien fait!

— Alors, pourquoi...? » Il se rendit compte de la dureté de sa voix, de son ton aigu et se maîtrisa. « Désolé, Rhalina! Je comprends. Préparez-vous à voyager! Nous partons dès que possible dans le vaisseau du ciel. Jhary aura peut-être quelque médecine pour nous calmer. Il faut aller au Lywm-an-Esh pour voir s'il y reste de l'espoir. Entrer en rapport avec le Seigneur Arkyn et souhaiter qu'il nous vienne en aide.

— Pourquoi ne nous secourt-il pas dès maintenant ? » demanda-t-elle avec amertume. « Nous avons contribué à lui restituer son Royaume et on dirait qu'à présent il nous abandonne au Chaos.

— Si le Chaos est en activité ici, il l'est aussi ailleurs. Possible qu'il y ait des dangers plus graves dans son Domaine ou dans celui de son frère et Seigneur de la Loi. Vous savez bien qu'aucun dieu ne peut intervenir directement dans les affaires des mortels.

— Mais le Chaos s'y essaye souvent.

— Telle est sa nature, et c'est pourquoi la Loi est le régime le plus favorable aux mortels, car la Loi croit à la liberté des mortels alors que le Chaos ne voit en eux que des jouets à modeler et à utiliser selon ses caprices. Vite ! Allez vous préparer pour le départ !

— Mais c'est sans espoir, Corum ! Le Chaos semble tellement plus puissant que la Loi. Nous avons lutté contre lui de toutes nos forces. Pourquoi ne pas admettre que nous sommes condamnés ?

— Le Chaos ne paraît plus puissant qu'en raison de son agressivité, et parce qu'il est prêt à user de tous les moyens pour arriver à ses fins. La Loi le supporte. Ne vous y trompez pas, je n'aime guère le rôle que m'a attribué le destin — je préférerais qu'un autre eût à porter ce fardeau —, mais il faut maintenir la Loi au pouvoir si possible. Maintenant... hâtez-vous ! »

Elle s'éloigna à regret pendant que Corum s'assurait que les domestiques n'étaient pas sérieusement blessées. Il répugnait à les abandonner car il avait la certitude qu'elles se retourneraient l'une contre l'autre. Il décida de leur laisser une part de la potion de Jhary dans l'espoir que cela aurait des effets durables.

Il plissa le front. Glandyth pouvait-il vraiment être la cause de tout ce mal? Mais Glandyth n'était pas sorcier... C'était une brute, un guerrier aux mains ensanglantées, un bon tacticien et, à ses propres yeux, il avait de nombreuses vertus, mais peu de subtilité et même nul désir de recourir à la sorcellerie, car il en avait peur.

Pourtant, il ne restait personne d'autre en ce Royaume qui fût prêt à devenir le serviteur du Chaos... et il fallait être consentant, sinon le Chaos ne pouvait en aucune façon avoir accès au Domaine...

Corum prit la résolution d'attendre d'en savoir davantage avant de bâtir des hypothèses. S'il parvenait à Halwyg-nan-Vake et au Temple de la Loi, il communiquerait peut-être avec le Seigneur Arkyn et lui demanderait son avis.

Il se rendit dans la pièce où il gardait ses armes et son armure, revêtit sa cotte, ses jambières et son casque conique en argent marqué de trois caractères qui résumaient son nom entier. Il passa par-dessus le tout sa robe écarlate. Puis il choisit des armes — un arc et des flèches, une lance, une hache de guerre habilement ouvragée — et il boucla à sa ceinture sa longue et forte épée.

Il s'équipait une fois de plus pour la guerre, et son apparence était magnifique et terrible, avec sa main scintillante à six doigts et le bandeau orné qui couvrait l'Œil de Rhynn. Il avait ardemment souhaité ne plus avoir à se harnacher ainsi, ne plus avoir à recourir à la main étrangère greffée à son poignet ni avoir à regarder à travers l'Œil cet effarant monde inférieur d'où il appelait à son aide les morts-vivants. Mais, au fond du cœur, il avait toujours su que le Chaos n'était pas définitivement vaincu, que le pis était encore à venir.

Il se sentait cependant las car la bataille qu'il livrait à la folie dans son propre cerveau était aussi épuisante que tout combat proprement dit.

Jhary entra, habillé lui aussi pour le voyage, bien qu'il dédaignât toute armure. Il avait un justaucorps de cuir piqué, frappé de dessins en or et en platine, au lieu d'une cuirasse... Tout ce qu'il se permettait comme protection. Son chapeau à larges bords s'inclinait sur sa tête, ses cheveux soigneusement lissés à la brosse lui retombaient sur les épaules. Il portait des soies et des satins brillants, des bottes très ornées de dentelle blanche et rouge. L'image même du dandysme raffiné. Seule, l'épée à sa ceinture contrebalançait cette impression. Sur son épaule était juché le petit chat ailé, blanc et noir, son compagnon de tous les instants.

Il tenait à la main un flacon au col mince, où s'agitait un liquide brunâtre.

« C'est fait ! » Il parlait lentement, comme en transe. « Et cela produit l'effet souhaité, je crois. Ma rage a disparu, mais je me sens engourdi. Cela devrait passer en partie. Je l'espère, en tout cas. »

Corum lui lança un regard soupçonneux. « Cela peut abattre la fureur... mais cela ralentira nos réflexes de défense si l'on nous attaque. Cela amortit l'esprit, Jhary !

— Je vous accorde que cela confère une nouvelle perspective. » Jhary ébaucha un sourire rêveur. « Mais c'est notre unique chance, Corum. Et, quant à moi, je préfère mourir en paix que dans l'angoisse.

— Exact. » Corum prit le flacon. « Combien dois-je en prendre ?

— C'est fort. Un tout petit peu sur le bout de l'index. »

Corum inclina la fiole et humecta de liquide le bout de son doigt. Il le lécha avec curiosité. Puis il remit le flacon à Jhary. « Je ne sens aucune différence. Peut-être cela n'a-t-il pas d'action sur le métabolisme des Vadhaghs.

— Peut-être. Mais il faut quand même en faire prendre à Rhalina...

— Et aux domestiques.

— Oui... c'est juste... aux domestiques... »

Ils étaient dans la cour, occupés à balayer ce qu'il restait de neige sur la bâche du vaisseau céleste, roulant la toile et mettant au jour les riches bleus, verts et jaunes de la coque métallique. Jhary embarqua lentement et passa les mains sur les cristaux diversement colorés du tableau de bord, à l'avant. La nef n'était pas aussi grande que la première qu'ils avaient vue. Celle-ci était ouverte aux éléments si l'on n'utilisait pas l'écran invisible d'énergie protectrice. Le vaisseau émit un murmure et se souleva à deux centimètres du sol. Corum aida Rhalina à monter, puis il la suivit, s'étendit sur une des couchettes, et observa Jhary qui procédait aux préparatifs de vol.

Il se mouvait lentement, un vague sourire aux lèvres. Corum, rempli de bien-être, se tourna vers la couchette où avait pris place Rhalina et constata qu'elle était presque endormie. La potion opérait en ce sens qu'elle dissipait effectivement les sentiments furieux. Mais une part de l'esprit de Corum savait que cette euphorie risquait d'être aussi dangereuse que la rage qu'il avait connue. Il se rendait compte que, sous certains aspects, il avait seulement échangé une forme de folie contre une autre.

Il espérait qu'ils ne seraient pas attaqués par une autre nef aérienne, comme l'avait été Bwydyth, car, outre leur présente incapacité, ils ne savaient rien de l'art du combat aérien.

Jhary était, au mieux, capable de piloter le vaisseau dans la direction choisie.

La machine s'éleva enfin lentement dans l'air froid et gris, obliqua à l'ouest et suivit la côte vers Lywm-an-Esh.

Et, tout en dérivant, Corum contemplait le monde triste et glacé, se demandant si le printemps reviendrait jamais à Bro-an-Vadhagh.

Il voulut parler à Jhary, mais celui-ci était absorbé dans sa tâche. Soudain, le petit chat sauta de l'épaule de Jhary, s'accrocha un instant au bord de la nef et prit son vol au-dessus des terres, puis disparut derrière une ligne de hauteurs.

Corum se demanda un instant si le chat les avait abandonnés, puis il oublia l'incident pour s'intéresser de nouveau à la mer et au paysage qu'ils survolaient.

4

UN NOUVEL ALLIÉ POUR LE COMTE GLANDYTH

Le petit chat vola régulièrement toute la journée, changeant constamment de direction, comme s'il avait suivi un sentier invisible et sinueux dans le ciel. Bientôt, il cessa de voler vers l'intérieur, hésita, puis franchit les falaises et s'engagea au-dessus de la mer, ce qu'il détestait. Des îles apparurent.

C'étaient les îles des Nhadraghs, où survivait un reste de la population qui s'était abjectement soumise aux Mabdens pour conserver la vie. Bien que maintenant libérés de cet esclavage, ces êtres avaient dégénéré au point que leur race risquait encore de mourir d'apathie, la plupart d'entre eux n'ayant même plus la force de haïr les Vadhaghs.

Le chat cherchait quelque chose, suivant une odeur plus psychique que matérielle, une odeur qu'il était seul à pouvoir déceler.

Une fois, déjà, le chat ailé avait suivi une piste semblable, quand il était allé à Kalenwyr pour assister au grand rassemblement des Mabdens et à l'invocation de leurs dieux maintenant bannis, le Chien et l'Ours Cornu. Mais, cette fois, le chat agissait d'instinct et ce n'était pas son maître Jhary-a-Conel qui l'avait envoyé aux îles des Nhadraghs.

Presque au centre de l'archipel d'îles vertes se situait la plus grande, appelée Maliful. Comme toutes les autres, elle était couverte de ruines... Villes en ruine, châteaux en ruine, villages en ruine. Certaines n'étaient dues qu'à l'écoulement du temps, mais d'autres marquaient le passage des armées mabdens lorsqu'elles avaient attaqué les îles, à l'époque de la plus grande puissance du Roi Lyr-a-Brode. C'étaient le Comte Glandyth et ses guerriers sur leurs chars qui avaient effectué ces raids, tout comme, plus tard, le Comte avait mené les expéditions contre les châteaux vadhaghs et anéanti ce qui restait de la race vadhagh, sauf Corum — du moins Glandyth l'avait-il cru. L'élimination des deux races anciennes — des Shefanhows, comme les appelait le Comte — avait pris quelques années. Ces peuples n'avaient nullement été préparés à l'attaque mabden, n'avaient pas cru au pouvoir de créatures guère plus intelligentes et civilisées que d'autres bêtes. Aussi avaient-ils péri.

Quelques Nhadraghs seulement avaient été épargnés... employés comme des chiens à pourchasser leurs semblables, à rechercher leurs anciens ennemis vadhaghs, à regarder dans d'autres dimensions pour rapporter à leurs maîtres ce qu'ils y voyaient. Ceux-là avaient été les moins courageux de la race... Ils avaient préféré l'esclavage avilissant à la mort.

Le petit chat distingua certains de leurs campements parmi les ruines des villes. Ils y étaient revenus après la bataille de Halwyg, après la défaite de leurs maîtres mabdens. Ils n'avaient nullement tenté de reconstruire leurs châteaux et leurs habitations, mais vivaient en primitifs, nombre d'entre eux ignorant même que les ruines avaient été jadis des constructions de leurs propres ancêtres. Ils se vêtaient de fer et de peaux comme les Mabdens. Ils avaient la face sombre et aplatie, leurs cheveux descendaient sur le front jusqu'aux sourcils en broussaille au-dessus des orbites profondes. Ils étaient trapus, vigoureux, avec de gros muscles. En un temps, ils avaient été aussi puissants et civilisés que les Vadhaghs, mais le déclin de ces derniers avait été plus lent.

Maintenant apparaissaient les tours croulantes d'Os, l'ancienne capitale de Maliful et de toutes les îles des Nhadraghs. Os la Belle, l'appelaient ses anciens habitants, mais elle ne l'était plus. Les murs affaissés étaient festonnés de mauvaises herbes, les tours étaient écrasées au sol, les maisons abritaient des rats et d'autres vermines, mais pas de Nhadraghs.

Le chat suivait toujours l'odeur psychique. Il décrivit lentement un cercle au-dessus d'une maison basse encore intacte. Sur le toit plat de la bâtisse, on avait construit un dôme. Il était transparent et luisait. A l'intérieur, on apercevait deux silhouettes en noir dans la lumière jaune. L'une d'elles était forte, en armure;

l'autre, plus petite, portait des fourrures. Des voix étouffées montaient du dôme. Le chat se posa sur le toit, colla sa petite tête contre la matière transparente et, les yeux écarquillés, observa et écouta.

Glandyth-a-Krae fronçait les sourcils en regardant par-dessus l'épaule d'Ertil les tourbillons de fumée et le liquide bouillonnant au-dessous d'eux. « L'enchantement opère-t-il encore, Ertil ? »

Le Nhadragh hocha la tête. « Ils se battent toujours entre eux. Jamais ma sorcellerie n'a été plus efficace.

— Parce que les pouvoirs du Chaos te viennent en aide, imbécile ! Ou plutôt à moi, car c'est moi qui suis voué corps et âme aux Seigneurs du Chaos ! »

Il jeta un coup d'œil circulaire dans la coupole encombrée. Elle était pleine d'animaux morts, de paquets d'herbes, de bouteilles remplies de poudres et de liquides. Des rats et des singes restaient immobiles dans les cages disposées contre une partie de la paroi, au-dessus d'une étagère supportant des manuscrits. Le père d'Ertil avait été un savant et avait enseigné bien des choses à son fils. Mais Ertil évoluait dans le même sens que les autres Nhadraghs. Il adaptait son savoir à la sorcellerie, à la superstition. Cependant, le savoir en soi avait encore sa puissance, comme le Comte Glandyth-a-Krae — en train de curer ses dents jaunes — l'avait découvert.

Le visage rouge et boutonneux de Glandyth était à demi dissimulé par son énorme barbe tressée et entremêlée de rubans, tout comme ses longs cheveux noirs. Ses yeux gris trahissaient un malaise intérieur, de même que ses épaisses lèvres rouges évoquaient des immondices pourris. Le Comte Glandyth gronda : « Et le Prince Corum ? Et ses amis ? Et tous les Shefanhows venus de la cité magique ?

— Je ne peux distinguer ce qu'il advient des individus, monseigneur », fit le sorcier d'un ton geignard. « Je sais seulement que l'enchantement opère.

— J'espère que tu dis vrai, sorcier.

— Bien sûr, monseigneur. N'est-ce pas un sortilège qui nous vient du Chaos ? Le Nuage de Discorde se répand invisiblement sur le vent, braquant tout homme contre son voisin, ses enfants, sa femme. » Un sourire incertain se fit jour sur la face sombre du Nhadragh. « Les Vadhaghs se jettent les uns contre les autres. Ils meurent tous.

— Oui... mais Corum meurt-il ? Voilà ce qu'il m'importe de savoir. Que les autres périssent, c'est bel et bon, mais pas tellement important. Une fois Corum éliminé et les troubles répandus dans le pays, je peux rassembler des partisans dans le Lywm-an-Esh et, à la tête de mes Denledhyssis, reconquérir les territoires perdus par le Roi Lyr. Ne peux-tu pas jeter un sort spécial sur Corum, sorcier ? »

Ertil tremblait. « Corum est mortel... Il doit souffrir tout comme les autres.

— Il est rusé. Il a de puissants appuis. Il pourrait échapper. Nous faisons voile pour Lywm-an-Esh demain. N'y a-t-il aucun moyen de s'assurer que Corum soit mort ou pris de la même folie que les autres ?

— Pas que je sache, maître. »

Glandyth gratta son visage marqué de variole, de ses ongles cassés. « Es-tu certain de ne pas me tromper, Shefanhow ?

— Je n'oserais pas, maître ! Sûrement pas ! »

Glandyth ricana en regardant les yeux terrifiés du Nhadragh. « Je te crois, Ertil. » Il rit. « Néanmoins, un petit secours du Chaos serait le bienvenu. Invoque encore ton démon, celui du Plan de Mabelode ! »

Ertil geignit : « Chacune de ces évocations me coûte une année de vie ! »

Glandyth s'arma de son long poignard. Il en posa la pointe sur le nez d'Ertil. « Invoque-le, Ertil !

— Je vais le faire. »

Ertil traversa le dôme d'un pas traînant pour prendre un singe dans sa cage. Celui-ci gémissait, en écho aux propres plaintes d'Ertil. Bien que l'animal regardât le Nhadragh avec crainte, il se cramponnait à lui pour chercher une aide, n'en voyant nulle part ailleurs dans la pièce. Ertil prit une armature en forme d'X dans un coin et la posa dans des encoches ménagées dans la surface de la table. Tout cela en frissonnant. Et Glandyth marchait à pas impatients, refusant de s'intéresser à la détresse du sorcier nhadragh.

Puis Ertil fit respirer quelque chose au singe, qui se calma. Il le posa sur l'armature et tira de son sac un marteau et des pointes.

Il se mit ensuite à crucifier méthodiquement l'animal, qui poussait de petits cris tandis que le sang coulait des trous percés dans ses quatre membres.

Ertil était pâle et paraissait sur le point de vomir.

Les yeux du chat s'agrandirent encore en observant ce rite barbare et il s'énerva un peu, le poil se hérissant sur son cou, sa queue s'agitant brusquement, mais il continua de suivre ce qui se passait dans le dôme.

« Hâte-toi, ordure de Shefanhow », grogna Glandyth. « Vite ! Sinon je vais consulter un autre sorcier !

— Vous savez bien qu'il n'en reste pas d'autre qui consente à vous aider, vous ou le Chaos », marmonna Ertil.

« La paix ! Et finis ton fichu travail ! »

Glandyth était soucieux. Ertil disait probablement la vérité. Personne ne craignait les Mabdens, à présent…

Personne, sinon les Nhadraghs, par la force de l'habitude.

Les dents du singe s'entrechoquaient. Il roulait les yeux. Ertil mit un fer à chauffer dans le brasier. En attendant, il traça un décagone autour de la bête en croix. Puis il plaça des récipients aux dix angles et en alluma le contenu. Il prit un parchemin d'une main et le fer porté à blanc dans l'autre.

Le dôme s'emplissait maintenant de fumée verte et jaune. Glandyth toussa et tira un mouchoir de sa veste cloutée de fer. Il paraissait inquiet et s'était un peu éloigné.

« Yrkoon, Yrkoon, Esel Asan ! Yrkoon, Yrkoon, Nasha Fasal... » L'incantation se poursuivait et, à chaque verset, Ertil plongeait le fer ardent dans le corps tourmenté du singe. Celui-ci ne mourait pas car le fer épargnait ses centres vitaux, mais il souffrait atrocement, c'était évident. « Yrkoon, Yrkoon, Meshen Feran ! Yrkoon, Yrkoon, Palaps Oli ! »

La fumée s'épaississait et le chat ne voyait plus que des ombres.

« Yrkoon, Yrkoon, Cenil Pordit... »

Un bruit lointain se fondit avec les hurlements du singe à la torture.

Un vent s'était levé.

La fumée se dissipa soudain. La scène redevenait aussi claire qu'auparavant, sous le dôme. Le singe n'était plus crucifié sur la table. Autre chose y était fixé. Une forme humaine, mais pas plus grande que le singe. Les traits étaient plus proches de ceux des Vadhaghs que des Mabdens, bien que le petit visage reflétât la méchanceté et le mal.

« Tu m'as de nouveau invoqué, Ertil ? » La voix avait le timbre et la force de celle d'un homme, aussi surprenait-elle, sortant d'une si petite bouche.

« Oui… Je t'ai invoqué, Yrkoon. Nous avons besoin des secours de ton maître, Mabelode…

— Encore de l'aide ? » La voix était moqueuse. Yrkoon souriait. « Encore ?

— Tu sais bien que nous travaillons pour lui. Sans nous, il vous serait impossible de toucher à ce Royaume.

— Et alors ? Pourquoi mon Seigneur Mabelode s'intéresserait-il à votre Domaine ?

— Tu le sais bien ! Il veut que les deux anciens Royaumes de l'Épée retournent au Chaos… et il désire se venger de Corum, qui a joué un rôle dans l'anéantissement des pouvoirs de son frère Arioch et de sa sœur Xiombarg, Chevalier et Reine des Épées ! »

Confortablement accroché à sa croix, le démon haussa les épaules. « Eh bien ? Que veux-tu ? »

Glandyth s'avança, le poing fermé.

« C'est moi qui veux, et non ce sorcier ! Je veux la puissance, démon ! Je veux les moyens de supprimer Corum… d'éliminer le pouvoir de la Loi sur ce Plan ! Donne-moi ces moyens, démon !

— Je t'ai déjà donné beaucoup », répondit patiemment le démon. « Je t'ai permis de créer le Nuage de Discorde. Tes ennemis se battent à mort entre eux. Et tu n'es toujours pas satisfait !

— Dis-moi si Corum est vivant !

— Je ne peux rien te dire. Nous n'avons pas la possibilité de toucher ce Plan-ci, à moins que tu ne nous invoques, et tu sais bien que nous ne saurions y demeurer longtemps… Nous ne pouvons occuper la place d'une autre créature qu'un court moment. Ainsi arrivons-nous à tromper la Balance… ou, sinon à la tromper, du moins à l'amadouer.

— Donne-moi davantage de puissance, messire démon !

— Je suis dans l'incapacité de te conférer la puissance. Je peux seulement t'indiquer comment l'acquérir. Sache ceci, Glandyth-a-Krae, et prends-en acte : si tu acceptes encore des présents du Chaos, alors tu prendras les attributs de tous ceux qui reçoivent ces présents. Es-tu prêt à devenir ce que tu prétends détester le plus profondément ?

— C'est-à-dire ? »

Yrkoon gloussa. « Un Shefanhow. Un démon. Il fut un temps où j'étais moi-même humain... »

La bouche de Glandyth se convulsa et ses poings se crispèrent. « Je passerai n'importe quel marché pour me venger de Corum et de toute son espèce !

— Ainsi nous servirons-nous mutuellement. Très bien ! Tu auras tes pouvoirs !

— Et des pouvoirs pour mes hommes... Pour les Denledhyssis !

— Très bien. Pour eux également.

— Une vaste et féroce puissance ! » s'exalta Glandyth, les yeux ardents. « Une puissance massive ! Une puissance invincible !

— Cela n'existe pas tant que la Balance gouverne. Tu auras ce que tu es en état de supporter.

— Bon. Je suis capable de supporter beaucoup. Je ferai voile pour le continent, je prendrai une fois de plus leurs châteaux et leurs villes, pendant qu'ils luttent entre eux. Je gouvernerai ce monde entier. Lyr et les autres étaient des faibles. Mais je serai fort, avec la puissance du Chaos à ma disposition !

— Lyr avait lui aussi l'appui du Chaos », lui rappela Yrkoon, d'un ton sardonique.

« Mais il ne savait pas s'en servir ! Je l'ai supplié de m'accorder davantage d'hommes pour vaincre Corum, mais il ne m'en a pas fourni assez. Si Corum était mort, Lyr serait encore en vie. Voilà ma démonstration !

— Cela doit te donner de la satisfaction », fit le démon. « Maintenant, écoute ! Je vais te dire ce que tu dois faire. »

5

LA CITÉ DÉSERTE

Le vaisseau volant franchit une hauteur et arriva au-dessus de l'îlot où s'était dressé en un temps le château de Moidel. Il n'y avait plus de château. Corum contemplait les lieux avec une nostalgie qui le quitta bientôt, car l'euphorie de la potion s'exerçait toujours sur lui. Ils ne tardèrent pas à atteindre la côte de Lywm-an-Esh. Tout d'abord, le pays semblait dans son état normal mais, au bout d'un moment, ils aperçurent de petits groupes de cavaliers, par trois ou quatre au plus, qui fonçaient à travers champs et bois, attaquant toute autre troupe qu'ils rencontraient. Femmes contre femmes, enfants contre enfants. Il y avait de nombreux cadavres. L'apathie de Corum faisait progressivement place à l'horreur, et il était soulagé que Rhalina fût endormie et Jhary trop occupé pour jeter plus qu'un bref coup d'œil de temps à autre sur le paysage.

« Hâtez-vous de nous mener à Halwyg-nan-Vake ! » lui dit Corum alors que Jhary se retournait. « Nous ne pouvons rien pour eux avant d'avoir découvert la cause de cette folie. »

Jhary prit le flacon dans son sac et le tendit, mais Corum secoua la tête. « Non. Il n'y en a pas assez. De plus, comment les persuader d'en faire usage? Si nous voulons sauver des vies, ce ne sera qu'en attaquant ce qui nous attaque. »

Jhary soupira. « Et comment attaque-t-on la folie?

— Il nous faut le découvrir. Je prie pour que le Temple de la Loi soit encore debout et qu'Arkyn y vienne, en réponse à notre appel. »

Jhary pointa le pouce vers le sol. « Cela ressemble à la folie dont ils avaient déjà été atteints auparavant.

— En plus fort. Avant, cela leur grignotait seulement le cerveau. Maintenant, cela les dévore tout entiers.

— Ils détruisent tout ce qu'ils avaient reconstruit. Y a-t-il quelque utilité à...

— Ils pourront de nouveau rebâtir. Voilà au moins une utilité. »

Jhary haussa les épaules. « En attendant, je me demande bien où mon chat a filé », fit-il.

Quand le vaisseau décrivit son cercle au-dessus de Halwyg-nan-Vake pour se poser à proximité du temple, Rhalina s'éveilla. Elle sourit à Corum, ayant, semblait-il, oublié tout ce qui était arrivé. Puis elle fronça les sourcils comme au souvenir d'un cauchemar. « Corum?

— C'est la vérité », dit-il doucement. « Et nous voici à Halwyg. La Cité des Fleurs paraît déserte. Je ne sais pas pourquoi. »

Il s'était à demi attendu à trouver en flammes la ville fleurie. Au contraire, elle était intacte, à part une ou deux maisons et quelques jardins endommagés. Pourtant, personne ne veillait sur les murs, personne ne passait dans les rues. Le palais était inoccupé, autant qu'il pût voir.

Jhary atterrit comme le lui avait enseigné Bwydyth en des temps meilleurs, en lui confiant tous les secrets de la machine.

C'était dans une rue blanche et abandonnée. Non loin se dressait le Temple de la Loi, sans étage, sans ornements prétentieux. Une simple construction avec un emblème au-dessus de la grande porte : une flèche unique et droite, la Flèche de la Loi.

Ils descendirent de la nef, les jambes tremblantes. La combinaison de la potion et du voyage aérien les avait un peu affaiblis. Ils avancèrent donc d'un pas mal assuré sur le sentier menant au temple.

Une silhouette apparut alors sur le seuil. Les vêtements déchirés et ensanglantés, un œil arraché, le vieux prêtre s'avançait vers eux. Il sanglotait, mais ses mains se portaient vers eux comme les griffes d'un animal féroce et blessé.

« C'est Aleryon ! » souffla Rhalina. « Le prêtre... Aleryon-a-Nyvish ! Le mal l'a aussi frappé ! »

Dans sa faiblesse, le vieillard ne put résister quand Corum et Jhary l'empoignèrent, lui bloquant les bras contre les flancs. Jhary ouvrit le flacon avec ses dents, humecta le bout de son doigt, pendant que Corum ouvrait de force les mâchoires du malheureux. Jhary lui étala le produit sur la langue. Le prêtre tenta de le recracher, roulant les yeux, les narines dilatées comme celles d'un cheval pris de fièvre. Mais il se calma presque instantanément. Son corps s'affaissa et commença à glisser vers le sol.

« Conduisons-le à l'intérieur ! » dit Corum.

Il ne résista pas quand ils le soulevèrent. Ils l'emportèrent dans la fraîcheur du dedans et le déposèrent sur les dalles.

« Corum ? » dit le prêtre d'un ton rauque en ouvrant

son unique œil. « La fureur du Chaos me quitte. Je suis de nouveau moi-même, ou presque.

— Qu'est-il arrivé aux habitants de la ville ? » lui demanda Jhary. « Sont-ils tous morts ? Où sont-ils passés ?

— Ils sont fous furieux. Personne n'avait plus sa raison dès hier. J'ai lutté contre le mal tant que j'ai pu...

— Mais où sont-ils, Aleryon ?

— Partis. Dans les collines, les plaines et les forêts. Ils se cachent les uns des autres... et s'attaquent de temps à autre. Pas un homme qui fasse confiance à un autre ; alors, ils ont abandonné la ville, vous voyez...

— Le Seigneur Arkyn a-t-il rendu visite au temple ? » demanda Corum. « Vous a-t-il parlé ?

— Une fois... au début. Il m'a dit de vous envoyer chercher, mais je n'ai pas pu. Personne ne voulait y aller et je n'avais aucun moyen de vous joindre, Prince Corum. Et, quand la fureur a été sur moi, je n'ai plus été en état de... de recevoir le Seigneur Arkyn. Je ne pouvais plus l'invoquer, comme la tradition veut que je le fasse tous les jours. »

Corum aida Aleryon à se relever. « Appelez-le maintenant ! Le monde entier est possédé du Chaos. Appelez-le sans tarder, Aleryon !

— Je ne suis pas certain...

— Il le faut !

— Je vais essayer », fit Aleryon, dont le visage blessé s'assombrissait, car il devait à présent lutter contre l'euphorie où le mettait la potion de Jhary. « Je vais essayer... »

Il essaya donc. Il fit des tentatives tout l'après-midi, la voix cassée à force de chanter la prière rituelle à la Loi. Durant des années, la prière était restée sans réponse, alors que la Loi était bannie et qu'Arioch régnait au nom du Chaos. Mais, depuis un certain temps, la prière faisait parfois apparaître le grand Seigneur Arkyn.

Cette fois, cependant, il n'y avait pas de réponse.

Aleryon cessa enfin. « Il n'entend pas. Ou, s'il entend, il ne peut venir. Le Chaos serait-il revenu avec toutes ses forces, Corum ? »

Corum Jhelen Irsei, les yeux baissés, secoua lentement la tête. « Peut-être.

— Regardez ! » s'écria Rhalina en rejetant en arrière ses longs cheveux noirs. « Jhary, voici votre chat ! »

Le petit animal noir et blanc passa la porte en volant et vint se poser sur l'épaule de son maître. Il approcha sa tête de l'oreille de Jhary en émettant une succession de bruits de gorge. Jhary parut surpris, puis attentif, écoutant avec soin le petit chat.

« Il lui parle ! » murmura Aleryon, stupéfait. « Cette créature parle !

— Elle communique, c'est vrai », répondit Jhary.

Le chat finit par se taire et, sans quitter son perchoir, commença sa toilette.

« Que vous a-t-il dit ? » s'enquit Corum.

« Il m'a parlé de Glandyth-a-Krae.

— Ainsi... il est vivant !

— Non seulement vivant, mais il semble bien qu'il ait conclu un pacte avec le Roi Mabelode du Chaos... par l'intermédiaire d'un traître de sorcier nhadragh. Et le Chaos lui a donné son appui par le maléfice qui pèse sur nous. Et le Chaos lui a promis des pouvoirs encore plus vastes.

— Où est Glandyth ?

— Sur Maliful... à Os.

— Nous devons y aller, trouver Glandyth et le tuer.

— Inutile. C'est Glandyth qui vient à nous.

— Par mer ? Alors, nous avons encore le temps.

— Oui, par mer. Lui et ses hommes disposent de bêtes du Chaos — des choses que le chat n'a pas su me décrire. En ce moment même, Glandyth se hâte de gagner le Royaume de Lywm-an-Esh, et c'est nous qu'il cherche, Corum.

— Nous serons ici et nous pourrons enfin le combattre. »

Jhary paraissait sceptique. « A nous deux ? Et drogués au point de ralentir nos réactions et d'affaiblir notre instinct de conservation ?

— Nous en trouverons d'autres... à qui donner de votre potion... » Corum s'interrompit. Il savait que c'était impossible, que même dans son état normal, il aurait du mal à lutter contre les Denledhyssis, même avec l'aide de... Son visage s'éclaira momentanément, puis s'assombrit de nouveau. « Ce serait peut-être faisable, Jhary, si je me sers une fois encore de la Main de Kwll et de l'Œil de Rhynn. »

Jhary-a-Conel haussa les épaules. « Il faut bien l'espérer, car c'est notre unique recours. Si seulement nous parvenions à trouver Tanelorn, comme je le voulais auparavant. Je suis certain qu'on nous y fournirait du secours. Mais je n'ai pas la moindre idée de l'endroit où elle est en ce moment.

— Vous parlez de la cité mythique de la tranquillité, l'Éternelle Tanelorn ? » fit Aleryon. « Vous en connaissez donc l'existence ? »

Jhary sourit. « Si j'ai un foyer, eh bien, c'est à Tanelorn. Elle existe dans tous les âges, en tous les temps, sur tous les Plans, mais elle est parfois difficile à dénicher.

— Ne pouvons-nous parcourir les Plans à bord du vaisseau volant ? » interrogea Rhalina. « Car nous savons que la nef a la possibilité de voyager entre les Royaumes.

— Mes connaissances ne me permettraient pas de la guider à travers ces dimensions étranges », se récusa Jhary. « Bwydyth m'a un peu expliqué comment lui faire franchir les Murs Entre les Royaumes, mais j'en ignore le pilotage dans ces conditions. Non, il nous faut espérer trouver Tanelorn sur notre Plan, c'est la seule solution. En attendant, il faut penser à Glandyth et au moyen de lui échapper.

— Ou de lui livrer bataille », dit Corum. « Nous aurions peut-être les moyens de le vaincre.

— Peut-être, oui.

— Il vous faut aller guetter son arrivée », intervint Aleryon. « Je resterai ici avec Dame Rhalina. Nous continuerons ensemble à invoquer le Seigneur Arkyn. »

Corum acquiesça de la tête. « Prêtre, vous êtes courageux. Je vous remercie. »

Dans les rues silencieuses, Corum et Jhary marchaient apathiquement vers le centre de la cité. Corum levait souvent son étrange main gauche et l'examinait. Puis il l'abaissait et touchait de sa droite le bandeau sur son Œil. Puis il regardait le ciel de son œil normal, et le soleil accrochait des reflets à son casque d'argent, car les nuages s'étaient dispersés et c'était un calme après-midi d'hiver.

Ni l'un ni l'autre des deux n'aurait pu exprimer ses pensées. Pensées profondes et désespérées. Il leur semblait que la fin venait au moment où ils l'attendaient le moins. La Loi était vaincue et le Chaos avait repris toute sa force d'antan... Peut-être avec plus de puissance encore. Et ils n'en avaient pas eu le moindre avertissement jusque très récemment. Ils se sentaient perdus, trahis, condamnés, impuissants.

La cité morte leur semblait le symbole du vide de leurs

propres âmes. Ils souhaitaient voir un habitant... Un seul être humain, même si c'était un agresseur.

Les fleurs ondulaient mollement à la brise mais, au lieu d'annoncer la paix, elles soulignaient ce que le calme avait de menaçant.

Glandyth arrivait du ciel, ses forces augmentées de la puissance du Chaos.

Ce fut à peu près sans émotion que Corum les remarqua finalement. Des ombres noires qui volaient en provenance de l'est... Une vingtaine. Il les signala à Jhary.

« Il vaut mieux retourner au temple avertir Aleryon et Rhalina.

— Ne seraient-ils pas plus en sûreté dans le Temple de la Loi ?

— Je ne pense pas... Plus maintenant, Jhary. »

Des ombres noires venant de l'est. Volant bas. Volant vers un but précis. Des ailes énormes qui battaient, des cris étranges dans l'air du soir, farouches et pourtant chargés de tristesse, les appels d'âmes damnées. Et c'étaient des bêtes. Aux cous longs comme des tiges au bout desquelles les têtes tournaient, regardant de tous côtés, scrutant le sol comme des faucons à la recherche d'une proie. Des têtes longues et étroites armées de fines dents pointues dans les gueules rouges. Des yeux vides, malheureux. Des voix désespérées qui semblaient implorer quelque libération.

Et sur les larges dos noirs étaient amarrés les chars démunis de leurs roues des Denledhyssis, et sur ces « howdas » improvisés se tenaient les assassins mabdens, et dans le premier des chars volants une silhouette avec un casque cornu, une grande épée de fer à la main. Ils croyaient entendre son rire, bien que ce fût sans doute un autre bruit, un son émanant des monstrueuses créatures volantes.

« Naturellement, c'est Glandyth », dit Corum. Un sourire amer lui retroussait la lèvre. « Eh bien, il faut tenter de le combattre. Si je peux invoquer des alliés, il engageront le combat contre Glandyth et ces choses pendant que nous courrons avertir Rhalina. »

Il porta sa bonne main droite à son mauvais Œil droit, pour relever le bandeau et se permettre un regard dans le monde affreux où attendaient ceux qu'il avait tués par la puissance de la Main de Kwll et de l'Œil de Rhynn, et qui étaient maintenant ses esclaves, dans l'attente d'être appelés au-dehors pour supprimer d'autres ennemis qui les remplaceraient, les libérant définitivement de ce monde inférieur. Mais le bandeau se refusait à bouger, comme s'il était collé à l'Œil qu'il dissimulait. Corum tira de toutes ses forces. Il utilisa la Main de Kwll, à la force surnaturelle, mais elle se refusa à approcher du bandeau. Ces choses qui l'avaient aidé dans le passé n'y consentaient plus, visiblement.

Le Chaos avait-il donc assez de pouvoirs pour dominer des éléments semblables ?

Corum laissa échapper un sanglot et prit sa course par les rues pour retourner au Temple de la Loi.

6

LE DIEU LAS

Lorsque Corum et Jhary arrivèrent au temple, l'horreur au cœur, ils virent Rhalina qui les attendait en souriant.

« Il est ici ! Il est venu ! » cria-t-elle. « C'est le Seigneur Arkyn...

— Et Glandyth qui vient de l'est ! » haleta Jhary. « Il faut nous enfuir dans la nef volante. Nous n'avons pas d'autre solution. La puissance de Corum l'a quitté... ni la Main ni l'Œil ne lui obéissent. »

Corum pénétra dans le temple. Il était en colère et désirait le faire savoir à Arkyn de la Loi, qu'il avait appuyé et qui maintenant ne lui rendait aucun service.

Quelque chose planait au fond du temple, près d'Aleryon, assis le dos au mur, le visage pâle. Une figure ? Un corps ? Corum examinait la chose, mais plus il s'efforçait de voir, plus elle devenait imprécise.

« Seigneur Arkyn ? »

Une voix lointaine : « *Oui...*

— Qu'y a-t-il ? Pourquoi les forces de la Loi se montrent-elles si impuissantes ?

— *Elles sont dispersées entre les deux Royaumes que nous dirigeons. Mabelode envoie toutes ses forces à l'aide de ceux qui servent ici le Chaos... Nous combattons sur dix Plans, Corum. Dix Plans... et il y a si peu de temps que nous sommes installés... Nous restons encore faibles...* »

Corum leva sa main étrangère, inutile. « Pourquoi n'ai-je plus le contrôle de la Main de Kwll et de l'Œil de Rhynn ? C'était notre seul espoir de vaincre Glandyth, qui avance en ce moment même contre nous !

— *Je le sais... Il faut vous échapper... Faire passer votre nef volante à travers les dimensions... Chercher l'Éternelle Tanelorn... Il y a un rapport entre votre impuissance et la nécessité pour vous de trouver Tanelorn...*

— Un rapport ? Lequel ?

— *Je n'en ai que l'impression... Cette lutte m'affaiblit,*

Corum. Je suis las... Mes pouvoirs sont minces à présent... Trouvez Tanelorn...

— Comment cela ? Jhary ne peut pas piloter le vaisseau à travers les dimensions.

— *Il doit essayer...*

— Seigneur Arkyn, vous devez me donner des instructions plus précises. Glandyth est pour ainsi dire à Halwyg. Il entend s'emparer de tout ce Plan pour le gouverner. Il a l'intention de détruire tous ceux d'entre nous qui vivent encore. Comment pouvons-nous protéger ceux qui souffrent de la folie du Chaos ?

— *Tanelorn... cherchez Tanelorn... C'est votre seul moyen de les sauver... Je ne saurais vous en dire plus... C'est tout ce que je vois... tout ce que je vois...*

— Vous êtes un dieu faible, Seigneur Arkyn. Peut-être aurais-je dû vouer ma loyauté au Chaos, car, si l'horreur et la mort doivent régner sur le monde, aussi bien se fondre soi-même dans cette horreur et cette mort...

— *Pas d'amertume, Corum... Il reste un espoir que vous réussissiez à bannir le Chaos des Quinze Plans...*

— C'est la force qu'il me faut pour le moment, et non l'espoir !

— *Espérez trouver la force nécessaire afin de découvrir Tanelorn. Adieu...* »

Et la forme indistincte disparut. Corum entendait au-dehors les cris des choses noires qui volaient. Il s'approcha d'Aleryon. Le vieillard s'était épuisé à invoquer Arkyn. « Venez ! Nous vous emmenons sur le vaisseau du ciel, s'il est temps encore. »

Mais Aleryon ne répondit pas car, durant la conversation de Corum avec le dieu las, il était mort.

Rhalina et Jhary-a-Conel, déjà près de la nef volante, regardaient en l'air les grandes bêtes noires qui amorçaient leur descente sur Halwyg.

« J'ai parlé à Arkyn », leur dit Corum. « Cela ne m'a guère encouragé. Selon lui, nous devons nous enfuir à travers les dimensions à la recherche de Tanelorn. Je lui ai dit que vous étiez incapable de piloter la machine hors de ce Plan. Il a dit qu'il le fallait. »

Jhary haussa les épaules et aida Rhalina à embarquer. « Eh bien, s'il le faut, on peut toujours essayer !

— Si seulement nous pouvions appeler les défenseurs de la Cité dans la Pyramide. Leurs armes détruiraient même les alliés chaotiques de Glandyth.

— Mais ils s'en servent pour s'entre-détruire. Et Glandyth le sait. »

Ils étaient tous les trois à bord tandis que Jhary promenait les doigts sur les cristaux, les éveillant à la vie. La machine commença à s'élever. Jhary braqua la proue à l'ouest, loin de Glandyth.

Mais celui-ci les avait aperçus. Les ailes noires battirent plus fort et les cris augmentèrent de volume. Les Denledhyssis commencèrent à piquer vers les trois seuls mortels au monde à s'être rendu compte de ce qui leur était arrivé.

Jhary se mordit les lèvres en examinant les quartz. « Il s'agit d'exécuter des passes précises au-dessus de ces volatiles », dit-il. « Je m'efforce de me rappeler les leçons que m'a données Bwydyth. »

Le vaisseau se déplaçait rapidement mais les poursuivants maintenaient la distance. Les longs cous des monstres se relevaient comme des serpents prêts à frapper. Les gueules rouges béaient. Les crocs étincelaient.

Il s'échappait de ces gueules ouvertes une sorte de fumée huileuse et noire. Telles des langues de lézards, les fumées pointaient vers la machine.

Jhary décrivait désespérément des lacets pour éviter ces vrilles. L'une d'elles s'enroula à la poupe et le vaisseau s'immobilisa un instant avant de se dégager. Rhalina s'accrochait à Corum. Il avait inutilement tiré son épée.

Le petit chat noir et blanc se cramponnait de toutes ses griffes à l'épaule de son maître. Il avait reconnu Glandyth, et ses yeux s'écarquillaient de frayeur.

Puis Corum perçut un hurlement. Glandyth avait reconnu ceux qui tentaient de s'enfuir de Halwyg ! Bien que le barbare fût encore à bonne distance, Corum avait l'impression que leurs regards se croisaient. Il scrutait lui-même l'ennemi, de son œil mortel, l'épée brandie pour protéger Rhalina, et il vit que Glandyth agitait lui aussi son grand glaive de fer comme pour le provoquer en combat singulier. Les serpents volants sifflaient, crachotaient et expédiaient du fond de leurs gorges des volutes de fumée.

Quatre d'entre elles s'enroulèrent autour de la nef. Jhary tenta d'accroître la vitesse.

« Nous ne pouvons aller plus vite ! Nous sommes pris !

— Alors, essayez de franchir les Plans ! Peut-être arriverons-nous ainsi à leur échapper.

— Ce sont des créatures du Chaos. Il est probable qu'elles peuvent également traverser les Murs Entre les Royaumes ! »

Sans espoir, Corum hachait du tranchant de son épée les vrilles tenaces, mais il eût aussi bien pu tenter de couper de la fumée ! Ils se sentaient inexorablement amenés vers l'endroit où les Denledhyssis planaient, triomphants, attendant le moment où le vaisseau serait assez rapproché pour l'aborder et en massacrer les occupants.

Puis les ailes noires devinrent brumeuses et Corum vit que la ville commençait à s'effacer au-dessous d'eux. Des éclairs semblaient sillonner l'obscurité soudaine.

Des globes de lumière violette apparurent. La nef tremblait comme une biche effrayée et Corum se sentit pris d'une nausée bien connue. Les ailes noires battirent furieusement et redevinrent nettes. Jhary avait deviné juste. Les créatures avaient le pouvoir de les suivre à travers les dimensions.

Jhary passa la main trois fois au-dessus des instruments. Le vaisseau se balança, menaçant de se retourner. De nouveau, les sensations insolites, les vibrations, les éclairs et les globes de flammes évoluant dans une turbulence rouge et orangée.

Les langues de fumée qui les retenaient disparurent. Les créatures noires continuaient à voler, perçues entre les zigzags de ténèbres totales et de lumière éblouissante. On entendait encore leurs voix, de même que les rugissements rageurs de Glandyth-a-Krae.

Puis ce fut le silence.

Corum ne pouvait voir ni Rhalina ni Jhary. Il sentait seulement la nef sous ses pieds.

Ils dérivaient dans la nuit absolue et le silence total, ni dans une dimension ni dans une autre.

DEUXIÈME PARTIE

*Où le Prince Corum
et ses compagnons
découvrent la pleine
portée du Chaos et de
ses intentions,
apprenant en outre de
nouveaux détails
relatifs à la nature du
temps et de l'identité*

1

LE CHAOS DÉCHAÎNÉ

« Corum ? »

C'était la voix de Rhalina.

« Je suis ici. »

Il tendit la main droite pour la toucher. Finalement, il sentit sa chevelure sous ses doigts. Il passa un bras autour des épaules.

« Jhary ? » fit-il. « Vous êtes ici ?

— Oui. J'essaie différentes combinaisons, mais les quartz ne réagissent pas. Serions-nous dans les Limbes, Corum ?

— Je le présume. N'était que nous respirons et qu'il fait relativement doux, je penserais que la nef est à la dérive dans le cosmos, au-delà du ciel. »

Le silence.

Puis une mince ligne de clarté dorée se dessina, coupant les ténèbres en deux, un peu comme l'horizon, ou un rai de lumière sous une porte gigantesque. Et, tandis qu'ils demeuraient dans le noir, la zone d'obscurité au-dessus de la ligne dorée parut se lever lentement comme le rideau d'un vaste théâtre.

Maintenant, bien qu'ils ne se vissent toujours pas les uns les autres, ils percevaient une large zone d'or qui changeait.

« Qu'est-ce, Corum?

— Je ne sais pas, Rhalina. Jhary?

— Ces Limbes pourraient être le domaine de la Balance cosmique... Un territoire neutre, en quelque sorte, où ni dieux ni mortels ne viennent dans les circonstances normales.

— Y aurions-nous dérivé par accident?

— Je ne sais pas. »

Voici ce qu'ils virent alors :

Tout était énorme mais proportionné. Un cavalier éperonnant son cheval dans un désert sous un ciel blanc et violet. Le cavalier avait des cheveux d'un blanc de lait qui flottaient derrière lui. Les yeux rouges et pleins d'une sauvage amertume, la peau d'un blanc d'ossements. Il ressemblait physiquement à un Vadhagh, car il en avait le visage, différent de celui des humains. C'était un albinos, tout vêtu d'une armure noire baroque, au métal ciselé de fins dessins, un grand casque sur la tête, une épée noire au côté.

Et, maintenant, ce n'était plus un cheval qu'il montait, mais une bête qui ressemblait un peu à celles qui les avaient poursuivis — une bête ailée —, un dragon. L'épée noire était à présent dans sa main et émettait d'étranges radiations noires. Il chevauchait le dragon sur une selle, les pieds aux étriers, mais il était maintenu sur sa monture par des courroies. Il criait.

Et, sous lui, d'autres dragons, frères de celui qu'il menait. Ils livraient un combat aérien à des choses informes qui avaient des mâchoires de baleine.

Un brouillard vert s'éleva devant la scène et l'obscurcit.

Maintenant, ils avaient devant eux les lignes asymétriques d'un château gigantesque qui grandissait en se façonnant peu à peu. Remparts, tours et tourelles apparaissaient.

Le chevalier au dragon commanda à ses bêtes d'attaquer le château et elles lancèrent de leurs gueules un venin enflammé sur l'édifice. Quelques autres individus suivaient le cavalier, également montés sur des dragons.

Ils passèrent devant le château en flammes et arrivèrent à une plaine au terrain ondulant. Là se tenaient tous les démons et créatures difformes et corrompues du Chaos, en ordre de bataille, semblait-il. Et il y avait aussi des dieux — chacun d'eux Duc d'Enfer —, Malohin, Xiombarg, Zhortra et d'autres — Chardros le Faucheur, avec sa tête démesurée et chauve et sa faux qui tournoyait — et le plus ancien des dieux, Slortar le Vieux, mince et beau comme un adolescent de seize ans.

C'était contre ces forces massées que se lançaient les cavaliers des dragons. Ils allaient sûrement périr.

Le venin de feu éclaboussa la scène et de nouveau régna la seule lumière dorée.

« Qu'est-ce donc que nous venons de voir ? » murmura Corum. « Le savez-vous, Jhary ?

— Oui, je sais. Je suis déjà venu là... ou j'y viendrai. Nous voyons un autre âge, un autre Plan. La plus grande bataille entre la Loi et le Chaos, les dieux et les mortels, à laquelle j'aie jamais assisté. J'ai servi l'homme au visage blanc sous une autre apparence. Il s'appelle Elric de Melniboné.

— Vous m'en avez parlé une fois, lors de notre première rencontre.

— Comme vous, c'est un champion par le Destin pour lutter et maintenir l'équilibre de la Balance cosmique. » La voix de Jhary était triste. « Je me souviens de son ami Tristelune, mais son ami Tristelune ne se souvient pas de moi... »

Cette remarque parut superflue à Corum.

« Je ne sais pas. Regardez... Quelque chose d'autre vient sur la scène... »

Une ville dans une plaine. Corum eut l'impression de la connaître, puis il se rendit compte qu'il ne l'avait jamais vue car elle était différente de toute cité de Bro-an-Vadhagh ou de Lywm-an-Esh. Marbre blanc et granit noir, à la fois simple et magnifique. Elle subissait un siège. Ses murailles étaient garnies d'armes aux gueules d'argent dirigées contre les assaillants — une vaste horde de cavalerie et d'infanterie qui avait planté ses tentes alentour. Les attaquants portaient de lourdes armures, mais les défenseurs n'étaient que légèrement protégés et eux aussi, comme celui que Jhary appelait Elric, ressemblaient davantage à des Vadhaghs qu'à d'autres mortels. Corum se demandait à présent si les Vadhaghs n'occupaient pas de nombreux Plans.

Un cavalier en armure épaisse s'avança du camp vers les murs blancs et noirs de la ville. Porteur d'une bannière, il semblait vouloir parlementer. Il cria vers les remparts et, au bout d'un temps, une porte s'ouvrit pour lui livrer passage. Les observateurs ne purent distinguer son visage.

Le spectacle changea de nouveau.

Maintenant, chose curieuse, c'étaient ceux qui avaient attaqué la ville qui la défendaient.

De brèves visions d'affreux massacres. Les humains étaient anéantis par des armes encore plus puissantes que celles des gens de Gwlas-cor-Gwrys, et c'était un être de leur propre race qui commandait la tuerie...

Plus rien. Que la pure lumière dorée.

« Erekosë », murmura Jhary. « Je crois deviner la signification de ces scènes. Je pense que la Balance veut nous offrir des suggestions. Mais les incidences sont si profondes et importantes que ma pauvre tête ne saurait les envisager.

— Parlons-en, voulez-vous ? » pria Corum dans les ténèbres, sans quitter des yeux la scène dorée.

« Il n'y a pas de mots. Je vous ai déjà dit que je suis un compagnon de champions... Qu'il n'y a qu'un seul champion et un seul compagnon, mais que nous ne nous connaissons pas toujours l'un l'autre, que nous ignorons même notre sort. Les circonstances se modifient de temps à autre, mais non le destin fondamental. C'est le fardeau d'Erekosë que d'en être informé... conscient de toutes ses incarnations antérieures et de celles à venir. Cela, au moins, vous est épargné, Corum. »

Celui-ci frissonna. « N'en dites pas plus ! »

Rhalina intervint : « Et les amantes de ce héros ? Vous parliez de son ami... »

Un nouveau spectacle occupa la scène avant qu'elle ait pu achever sa phrase.

Un visage d'homme, marqué de douleur, couvert de sueur, un joyau sombre animé de pulsations incrusté dans le front. Il abaissa devant sa face un casque de métal hautement poli comme un miroir sans défaut. Le miroir reflétait un groupe de cavaliers, des hommes à têtes d'animaux, semblait-il. Puis il devint évident qu'ils portaient en réalité des casques modelés à la ressemblance de porcs, de chèvres, de taureaux et de chiens.

Bataille rangée. Plusieurs cavaliers aux casques poli. En beaucoup plus grand nombre, leurs ennemis aux masques de bêtes.

Un de ceux aux casques miroitants — peut-être le premier qu'ils avaient vu — brandissait un objet, un court bâton d'où émanaient des rayons diversement colorés. Ce bâton frappait de terreur les cavaliers aux masques bestiaux, et nombre d'entre eux devaient être ramenés au combat par leurs chefs.

Le combat se poursuivait.

La scène s'évanouit, remplacée encore une fois par la seule et pure lumière dorée.

« Hawkmoon », murmura Jhary. « Le Bâton des Runes. Qu'est-ce que tout cela peut bien signifier ? C'est vous-même que vous venez de voir, Corum, sous trois autres incarnations. Je n'ai jamais encore connu pareille expérience... »

Corum tremblait. Il ne pouvait supporter de réfléchir aux paroles de Jhary. Elles suggéraient que son destin était de subir une éternité de batailles, de mort, de malheur.

« Qu'est-ce que cela veut dire ? » répéta Jhary. « Est-ce un avertissement ? La prédiction d'un prochain événement ? Ou cela n'aurait-il aucun sens ? »

Peu à peu, la noirceur recouvrit la lumière dorée, qui se réduisit à une mince ligne et s'éteignit enfin.

Ils étaient de nouveau suspendus dans les Limbes.

La voix de Jhary parvint à Corum. Le ton en était lointain comme s'il parlait pour lui seul. « Je pense que cela veut dire que nous devons trouver Tanelorn. Là se rencontrent toutes les destinées... Là, toutes choses demeurent constantes. Ni la Loi ni le Chaos ne peuvent affecter l'existence de Tanelorn, bien que ses habitants puissent parfois être menacés. Mais j'ignore moi-même où se situe Tanelorn en cette ère, dans ces dimensions. Si seulement je découvrais un indice pour me guider...

— Peut-être ne devons-nous pas rechercher Tanelorn », avança Rhalina. « Les événements qui nous ont été montrés nous proposent peut-être une quête différente ?

— Tout cela est lié », déclara Jhary, comme en réponse à une question qu'il se fût lui-même posée.

« Tout est lié. Elric, Erekosë, Hawkmoon, Corum. Quatre aspects d'un même destin, comme j'en suis un autre aspect et Rhalina un sixième. Il a pu se produire une dislocation de l'univers. Ou un nouveau cycle va commencer. Je ne sais pas... »

Le vaisseau céleste décrivit une embardée. Il se déplaçait comme sur une piste aux folles inégalités. De grosses larmes de lumière verte et bleue se mirent à tomber tout autour d'eux. Un rugissement de vent furieux, mais pas un souffle ne les effleurait. Une voix presque humaine qui se perdait en échos répétés...

Puis ils volèrent à travers des ombres qui se mouvaient rapidement... Les ombres de choses et de gens qui se précipitaient tous dans la même direction.

En bas, Corum voyait un millier de volcans, tous crachant cendres rouges et fumées, mais ni les cendres ni les fumées ne touchaient la nef. Une odeur de brûlé qui fut soudain remplacée par un parfum de fleurs. Les volcans transformés en autant d'énormes fleurs, telles des anémones ouvrant leurs pétales rouges.

Un chant montait. Un air martial et enlevé, comme le chant d'une armée victorieuse. Il cessa. Il y eut un rire, coupé net.

Une masse d'énormes bêtes apparurent dans un océan d'excréments, et les bêtes levèrent leurs mufles carrés vers le ciel en grognant avant de replonger sous la surface.

Une plaine blanc rosé apparemment couverte de pierres. Mais ce n'en était pas. La plaine était littéralement pavée de cadavres, bien alignés les uns contre les autres, face en bas.

« Où sommes-nous, Jhary? » cria Corum en se tournant vers son ami, dans l'air tourbillonnant.

« Ce lieu est régi par le Chaos. Je n'en sais pas plus

pour le moment, Corum. Ce que vous voyez, c'est le Chaos sans frein. La Loi n'a ici aucun pouvoir. Nous devons être dans le Royaume de Mabelode et je m'efforce d'en faire sortir la nef, mais elle n'obéit pas.

— Nous traversons toutefois les dimensions », dit Rhalina. « Le spectacle change si rapidement. Ce doit être cela. »

Jhary lui adressa un sourire sans espoir par-dessus l'épaule. « Nous ne voyageons pas dans les dimensions. C'est le Chaos, Dame Rhalina. Le Chaos déchaîné, à l'état pur. »

2

LE CHÂTEAU CONSTRUIT DE SANG

« C'est sûrement le Royaume de Mabelode », répéta Jhary. « A moins que le Chaos n'ait tout conquis soudain et que les Quinze Plans au complet ne soient une fois de plus sous sa domination. »

Quatre formes horribles tournoyèrent autour de la nef pendant un instant puis s'en allèrent.

« J'ai le cerveau qui chavire », souffla Rhalina. « Comme si j'étais folle. J'ai peine à croire que je ne rêve pas.

— Quelqu'un rêve », lui dit Jhary. « Quelqu'un rêve, ma Dame. Un dieu. »

Corum était dans l'incapacité de parler. Il avait mal à

la tête. Des souvenirs étranges affleuraient à sa conscience, mais restaient fuyants.

Parfois, il tendait l'oreille, croyant entendre des voix. Il se penchait sur le bord pour voir si elles ne venaient pas de sous la coque. Il contemplait le ciel. « Les entendez-vous, Rhalina ?

— Je n'entends rien, Corum.

— Je ne peux pas distinguer les paroles. Peut-être n'y a-t-il pas de mots...

— Oubliez tout cela ! » dit Jhary d'un ton sec. « Ne prêtez aucune attention à ce genre de choses ! Nous sommes dans les terres du Chaos et nos sens nous trompent de toutes les façons possibles. Rappelez-vous que nous sommes les seules réalités... et prenez bien soin d'examiner tout ce qui pourrait ressembler à Rhalina ou à moi avant d'accorder votre confiance.

— Vous voulez dire que des démons vont tenter de se faire passer à mes yeux pour ceux que j'aime ?

— C'est bien ce qu'ils feront, quel que soit le nom que vous leur donniez. »

Une vaste vague vint au-devant d'eux. Elle prit la forme d'une main humaine. Elle se ferma en un poing. Elle menaçait d'écraser le vaisseau. Elle disparut. Jhary poursuivait sa route. Il était en sueur.

L'aube d'un jour de printemps. Ils survolaient les champs étincelants de rosée. Des fleurs poussaient dans la rosée, il y avait des mares brillantes et de minuscules ruisseaux. A l'ombre des chênes se tenaient des chevaux et des vaches. Un peu devant eux, une fumée montait de la cheminée d'une ferme basse et blanche. Des cochons erraient dans la cour.

« Je ne peux croire que ce ne soit pas réel », dit Corum à Jhary.

« C'est réel. Mais de courte durée. Le Chaos se

délecte à créer, mais il s'ennuie vite de ses créations car il ne recherche ni l'ordre, ni la justice, ni la constance, mais seulement la sensation passagère et la distraction. Il lui plaît parfois de créer quelque chose qui aurait à nos yeux de la valeur, qui nous ferait plaisir. Mais c'est par accident. »

Les champs restaient en place, et la ferme aussi, et l'impression de paix se renforçait.

Jhary fronça les sourcils. « Peut-être avons-nous en effet quitté le Royaume du Chaos et... »

Les champs se mirent peu à peu à tournoyer comme de l'eau stagnante agitée avec un bâton. La ferme se répandit en écume à la surface de l'eau sur laquelle les fleurs n'étaient plus que pousses empoisonnées.

« Il est si facile de croire à ce qu'on souhaite », soupira Jhary. « Si facile.

— Il faut nous échapper d'ici ! » dit Corum.

« Échapper ? Le vaisseau n'obéit plus aux commandes. Pas depuis que nous avons pénétré dans les Limbes.

— Alors, une autre force agirait sur nous ?

— Oui... mais elle peut n'être pas intelligente. » La voix de Jhary était inquiète, son visage pâle. Même le petit chat se blottissait tout contre son cou comme pour chercher un réconfort.

De toutes parts et jusqu'à l'horizon s'étendait une matière en ébullition, d'un gris verdâtre, parsemée, semblait-il, de végétaux en décomposition qui flottaient à la surface.

Ces plantes prenaient la forme de crustacés : crabes et langoustes rampant sur cette substance, dont ils différaient à peine par la teinte.

« Une île », annonça Rhalina.

Dans ce magma se dressait une île de roc bleu foncé.

Sur la roche était un bâtiment, un grand château entièrement coloré d'écarlate. Et l'écarlate dessinait des rides, comme si de l'eau en mouvement s'était soudain figée. Une odeur saline, évocatrice, émanait du château. Jhary agit sur le vaisseau pour l'éviter, mais le château se retrouva aussitôt devant eux. De nouveau, Jhary vira. De nouveau, la bâtisse fut devant eux. Jhary modifia à plusieurs reprises la direction de la nef, mais chaque fois le château réapparaissait devant eux.

« Il s'efforce de nous arrêter ! » Jhary fit encore un essai.

« Mais qu'est-ce donc ? » demanda Rhalina.

Jhary secoua la tête. « Je ne sais pas, mais c'est différent de tout ce que j'ai vu. Maintenant, il nous attire. Oh ! cette puanteur ! A se boucher les narines ! »

Le vaisseau céleste se rapprochait et finit par planer juste au-dessus des tours écarlates du château. Puis il se posa.

Corum regarda par-dessus bord. La substance du bâtiment continuait à dessiner des rides comme un liquide. Cela ne paraissait nullement solide et, pourtant, cela supportait la nef. Il s'arma de son épée et porta les yeux sur une ouverture noire dans la tour la plus proche. Une porte. Et une silhouette en sortait.

La silhouette était grasse, à peu près deux fois aussi large qu'un homme normal. Elle avait une tête, humaine en gros, mais d'où pointaient des défenses de sanglier. Elle s'avançait sur la surface ondoyante, de ses épaisses jambes torses, toute nue sous un tabard brodé d'un emblème impossible à déchiffrer au premier coup d'œil. Elle souriait à leur adresse. « Les invités se font rares depuis un certain temps », grommela la créature. « Êtes-vous les miens ? »

Corum s'étonna : « Vos invités ?

— Non, non, non. Vous ai-je fabriqués ou venez-vous d'ailleurs? Êtes-vous des inventions d'un de mes ducs frères?

— Je ne comprends pas... » commença Corum.

Jhary intervint : « Je vous connais. Vous êtes le Duc Teer.

— Bien sûr. Et alors? Dites, je ne pense pas du tout que vous soyez des inventions... Vous n'appartenez pas à ce Royaume. Comme c'est satisfaisant! Soyez les bienvenus dans mon château, mortels! Vraiment les bienvenus! Comme c'est charmant! Soyez les bienvenus!

— Vous êtes le Duc Teer du Chaos et votre suzerain est Mabelode Sans Visage. Donc, j'avais raison. Nous sommes dans le Domaine du Roi Mabelode.

— Que vous êtes intelligent! Que c'est merveilleux! » La face de sanglier se fendit en un vilain sourire qui découvrit des dents gâtées. « M'apporteriez-vous par hasard un message?

— Nous aussi servons le Roi Mabelode », fit vivement Jhary. « Nous combattons dans le Royaume d'Arkyn pour y restaurer le gouvernement du Chaos.

— Excellent! Mais ne me dites pas que vous venez me demander de l'aide, mortels, car elle est tout entière donnée à cet autre Royaume où la Loi tente de s'établir. Tous les Ducs d'Enfer envoient toutes leurs ressources pour la bataille. Le temps viendra peut-être où nous pourrons aller en personne livrer combat, mais pas encore. Nous prêtons nos forces, nos serviteurs, n'importe quoi en dehors de nous-mêmes... car vous avez sans nul doute appris ce qu'il est advenu de Xiombarg quand il — ou plutôt elle, devrais-je dire, naturellement — a tenté de passer dans le Royaume d'Arkyn. Que c'est déplaisant!

— Nous espérions trouver des secours », dit Corum, pour appuyer la supercherie de Jhary. « La Loi nous a trop souvent tenus en échec.

— Comme vous le savez, je ne suis qu'un petit Seigneur du Chaos. Mes pouvoirs n'ont jamais été très étendus. La plus grande part de mes efforts a été consacrée — que mes pairs en rient s'ils le veulent — à la création de mon beau château. Je l'aime tant !

— De quoi est-il fait ? » lui demanda Rhalina d'un ton inquiet. Visiblement, elle ne pensait pas qu'ils conserveraient longtemps leur incognito.

« Vous n'avez jamais entendu parler du château de Teer ? Comme c'est étrange ! Eh bien, mes jolis mortels, il est construit de sang... entièrement de sang. De nombreux milliers de personnes ont péri pour édifier mon château... Il faut encore que j'en massacre bien des milliers pour l'achever. Du sang, ma chère... Du sang et du sang et du sang ! N'en respirez-vous pas l'exquise senteur ? Ce que vous reniflez, c'est du sang. Ce que vous voyez, c'est du sang. Du sang mortel... du sang immortel... un mélange. Tous les sangs deviennent égaux pour construire le château de Teer, hein ? Tenez, vous avez assez de sang pour bâtir un petit pan de mur dans une tour. Je pourrais trouver de la place pour vous trois. Vous seriez surpris de constater combien on peut étirer le sang pour la construction. Et c'est de bon goût, hein ? » Il haussa les épaules et agita une main épaisse. « Ou peut-être n'est-ce pas à votre goût personnel ? Je connais les mortels et leurs drôles d'idées. Mais pour moi... ah ! quelles délices !

— C'est un honneur pour nous de voir ce fameux Château Construit de Sang », glissa Jhary en souplesse, « mais les affaires du moment sont pressantes et il nous faut partir à la recherche de secours pour la lutte contre la Loi. Nous permettez-vous de nous retirer à présent, Duc Teer ?

— Vous retirer ? » Ses petits yeux étincelèrent. Une grosse langue rugueuse humecta les lèvres épaisses. Teer tripota une de ses défenses.

« Après tout, nous sommes au service du Roi Mabelode », appuya Corum.

« C'est vrai ! Superbe !

— Notre quête est urgente.

— Il est rare que des mortels viennent directement dans le Royaume de Mabelode », observa le Duc Teer.

« Les temps aussi sont rares où deux de nos Royaumes sont entre les mains de la Loi », rétorqua Jhary.

« Comme c'est exact ! Qu'est-ce donc qui sort des lèvres de la femelle ? »

Rhalina vomissait. Elle avait contenu sa nausée aussi longtemps que possible, mais la puanteur l'avait vaincue.

Les yeux du Duc Teer s'étrécirent. « Je connais les mortels. Je les connais bien. Elle est malheureuse. Pourquoi ?

— A la pensée du retour de la Loi », fit Jhary, sans conviction.

« C'est à cause de moi, hein ? Elle n'est pas totalement dévouée au Chaos, hein ? Ce n'est pas un très bon élément pour le service du Roi Mabelode, hein ?

— Il nous a choisis », fit Corum. « Mais elle ne fait que nous accompagner.

— Alors, elle n'a que peu d'utilité pour Mabelode... ou pour vous. Tenez, je vais vous dire ce que je vous demande pour vous avoir permis de contempler les splendeurs de mon Château Construit de Sang...

— Non », répondit Corum, devinant ce que l'autre avait en tête. « Nous ne pouvons pas. Laissez-nous partir maintenant, je vous prie, Duc Teer ! Vous savez que nous devons nous hâter ! Le Roi Mabelode ne sera pas content si vous nous retardez.

— Il sera en effet fâché contre vous si vous vous mettez en retard. Donnez-moi simplement la femelle ! Gardez-en la chair et les os, si vous le désirez ! Tout ce que j'exige, c'est son sang.

— Non ! » s'écria Rhalina, terrifiée.

« Qu'elle est bête !

— Laissez-nous partir, Duc Teer !

— Donnez-moi d'abord la femelle !

— Non ! » dirent simultanément Jhary et Corum. Et ils tirèrent l'épée, sur quoi le Duc Teer éclata d'un rire grinçant, où passaient à la fois de la dérision et de l'incrédulité.

3

LE CAVALIER AU CHEVAL JAUNE

Le Duc d'Enfer s'étira comme un homme qui s'éveille d'un bienheureux sommeil. Ses bras s'allongèrent, son corps s'élargit, et en quelques secondes il eut doublé de volume. Il les regardait de haut, toujours riant. « Comme vous mentez mal !

— Nous ne mentons pas ! » protesta Corum. « Nous vous prions... de nous laisser reprendre notre voyage. »

Le Duc Teer fronça les sourcils. « Je ne désire nullement m'attirer le déplaisir du Roi Mabelode. Pourtant, si vous serviez sincèrement le Chaos, vous ne manifesteriez pas d'émotions aussi stupides... Vous m'abandonneriez la femelle. Elle vous est inutile, mais elle peut m'être très utile. Je n'existe que pour bâtir mon château, le perfectionner, l'embellir. » Il commença à tendre sa grande main. « Tenez, je la prends et vous pouvez vous en aller, et je vais...

— Regardez ! » lança soudain Jhary. « Nos ennemis ! Ils nous ont suivis dans cette plaine. Qu'ils sont idiots... de pénétrer dans le Royaume de leur adversaire, le Roi Mabelode !

— Quoi ? » fit le Duc Teer en relevant la tête. Il vit une vingtaine de choses qui volaient, de longs cous, des mâchoires rouges, des hommes sur leurs dos. « Qui sont-ils ?

— Leur chef se nomme Corum Jhaelen Irsei », déclara Corum. « Ce sont des ennemis jurés du Chaos et ils veulent notre mort. Détruisez-les, Duc Teer, et Mabelode sera hautement satisfait de vous ! »

Le Duc Teer jeta un regard furibond vers le ciel. « Est-ce la vérité ?

— Bien sûr ! » cria Jhary.

« Je crois avoir entendu parler de ce mortel, Corum. N'est-ce pas lui qui a broyé le cœur d'Arioch ? Est-ce lui qui a attiré Xiombarg à sa damnation ?

— Lui-même ! » dit Rhalina.

« Mes filets », marmonna le Duc Teer en diminuant de taille pour se presser de rentrer dans sa tour. « Je vais vous aider.

— Ils ont assez de sang dans le corps pour construire en entier une grande salle ! » hurla Jhary. Il bondit sur la nef et passa rapidement la main au-dessus des commandes. Elles réagirent et le vaisseau céleste bondit dans les airs.

Glandyth et sa meute volante les avaient vus. Les bêtes noires virèrent dans le tonnerre de leurs ailes et foncèrent vers la nef.

Mais les trois compagnons avaient échappé au Château Construit de Sang et le Duc Teer s'affairait avec ses filets. Il en tenait un dans chaque main et il grandissait de plus en plus, jetant ses rets vers le Comte de Krae, plutôt déconcerté.

Jhary avait les traits tendus. « Je vais tenter l'impossible pour projeter le vaisseau hors de cette répugnante dimension », dit-il, « mieux vaut mourir que rester ici. Le Duc Teer ne va pas tarder à apprendre que Glandyth sert le Chaos et non la Loi. Et Glandyth lui dira qui nous sommes. Alors, tous les Ducs d'Enfer se mettront à nos trousses. » Il souleva un couvercle transparent et entreprit de donner une nouvelle disposition aux cristaux. « J'ignore ce que cela va faire, mais je suis bien décidé à risquer l'expérience ! »

Le vaisseau du ciel se mit à osciller dans toute sa longueur. Accroché à la rambarde, Corum sentait son corps vibrer au point qu'il fut persuadé qu'il allait se disloquer. Il se cramponna à Rhalina. La nef entama un piqué vers une mer de violet et d'orangé. Ils furent projetés en avant, sur Jhary. Le vaisseau heurta un obstacle. Ils passèrent dans un liquide qui les étouffa. Encore une violente secousse, et Corum dut lâcher Rhalina. Il s'efforça de la retrouver dans les ténèbres, mais elle avait disparu. Il sentait ses pieds quitter le pont du vaisseau.

Il se mit à flotter à la dérive.

Il voulut appeler, mais le fluide lui emplissait la bouche. Il tenta d'y voir, mais cela collait à ses yeux.

Il dérivait mollement, s'enfonçant de plus en plus. Son cœur cognait dans sa poitrine. Il n'entrait plus d'air dans ses poumons. Il sut qu'il allait mourir.

Et il sut que Rhalina et Jhary mouraient aussi, non loin de lui, dans le liquide visqueux.

Il fut presque soulagé que sa quête finît ainsi, de n'avoir plus de responsabilités envers la cause de la Loi. Il éprouvait de la peine pour Rhalina et pour Jhary, mais aucune pour lui-même.

Soudain, la chute. Il aperçut un morceau du vaisseau — une rambarde tordue — qui tombait avec lui. Il plongeait dans un air pur, mais la vitesse de la chute l'empêchait totalement de respirer.

Puis une glissade. Un regard circulaire. Le ciel bleu de toutes parts… sous lui, au-dessus de lui. Il étendit les bras. Le débris de bastingage glissait parallèlement. Il chercha des yeux Rhalina. Il chercha Jhary. Ils n'étaient nulle part en vue dans cette immensité bleue. Il n'y avait que ce fragment de rambarde.

Il appela :

« Rhalina ? »

Pas de réponse.

Il était seul dans un univers de lumière bleue.

Le sommeil commençait à le prendre. Ses paupières se fermèrent. Il lutta pour les maintenir ouvertes, sans y parvenir. On eût dit que son cerveau se refusait à connaître de nouvelles terreurs.

Quand il s'éveilla, il reposait sur quelque chose de doux et de confortable. Il avait chaud et se rendit compte qu'il était nu. Il ouvrit les yeux et vit au-dessus de lui les poutres d'un toit. Il tourna la tête. Il était dans une chambre. Le soleil entrait par une fenêtre.

Une illusion, encore ? La pièce était visiblement située en haut d'une maison, car les parois étaient inclinées. Elle était simplement meublée. Le foyer de quelque paysan à l'aise, songea-t-il. Il regarda la porte vernie avec son loquet de métal. Il entendit une voix qui chantait, derrière le battant.

Comment était-il arrivé là ? Se pouvait-il que ce fût une hallucination ? Jhary l'avait averti de se méfier de ces visions. Il sortit les mains de sous les draps. A son poignet gauche la Main de Kwll aux six doigts brillait de ses gemmes. Il se toucha le visage. L'Œil de Rhynn — bien qu'inutile à présent — emplissait toujours son orbite droite. Dans un coin, sur un bahut, tous ses vêtements étaient pliés et ses armes étaient posées un peu plus loin.

Avait-il donc rejoint son propre Plan et ce dernier avait-il retrouvé la santé mentale ? Le Duc Teer aurait-il tué Glandyth, levant ainsi le sort jeté sur le pays par le Comte ?

Il ne connaissait pas cette chambre, ni les ornements du bahut et du lit. Ce n'était sûrement pas le pays de Lywm-an-Esh, et encore moins de Bro-an-Vadhagh.

La porte s'ouvrit, livrant passage à un homme gras. Il paraissait amusé et prononça des paroles que Corum ne comprit pas.

« Parlez-vous le vadhagh ou le mabden ? » lui demanda poliment Corum.

Le gros homme — qui n'était pas un paysan, à en juger par sa chemise brodée et sa culotte de soie — secoua la tête et ouvrit les paumes, parlant de nouveau dans sa langue inconnue.

« Où sommes-nous ? » lui demanda Corum.

L'homme montra la fenêtre, puis le plancher, parla assez longuement, rit, puis indiqua par gestes que Corum avait peut-être faim. Celui-ci fit un signe affirmatif. Il était affamé.

Avant que l'homme ne sorte, Corum demanda : « Rhalina ? Jhary ? » dans l'espoir que l'autre reconnaîtrait les noms et saurait où se trouvaient ses compagnons. L'homme secoua de nouveau la tête en riant et referma le battant sur lui.

Corum se leva. Il se sentait faible, mais pas complètement épuisé. Il passa ses vêtements, prit sa cotte de mailles, puis la reposa près de son casque et de ses jambières. Il alla jeter un coup d'œil par la porte. Un palier, verni en brun, un escalier. Il s'avança sur le palier pour tenter de voir ce qu'il y avait en bas, mais il ne vit qu'un autre palier. Il entendit des voix... une voix de femme et le rire de l'homme. Il rentra dans la chambre et regarda par la fenêtre.

La maison se situait en bordure d'un bourg. Mais il n'en avait jamais vu de semblable. Toutes les maisons avaient des toits rouges inclinés et étaient construites en bois et en brique. Les rues avaient des pavés ronds et des voitures y circulaient. La plupart des gens portaient des costumes plus communs que celui de l'homme gras, mais ils paraissaient assez animés, se lançant des salutations ou s'arrêtant pour bavarder.

Le bourg semblait assez important, et au loin Corum distinguait un mur ainsi que le faîte d'édifices plus élevés et visiblement plus riches que les maisons ordinaires. Des carrosses passaient de temps à autre, ou des cavaliers bien vêtus se frayaient passage dans la foule... Sans doute des nobles ou des marchands.

Corum se frotta la tête et retourna s'asseoir sur le lit. Il s'efforça de réfléchir. Selon tous les indices, il était sur un autre Plan. Et il ne semblait pas y avoir en ce lieu de conflit entre la Loi et le Chaos. Autant qu'il pouvait s'en assurer, la population menait une vie simple et tranquille. Pourtant, le Seigneur Arkyn et le Duc Teer lui avaient dit que chacun des Quinze Plans connaissait le conflit, tandis que la Loi luttait contre le Chaos. Ce Plan était-il gouverné par Arkyn ou par son frère, qui n'auraient pas encore succombé ? Improbable. Et il ne comprenait pas la langue et ne pouvait se faire entendre. Cela ne lui était jamais encore arrivé. La modification de l'ordre des quartz par Jhary avant la destruction du vaisseau avait eu des effets fantastiques. Il était coupé de tout ce qu'il connaissait. Il ne saurait peut-être jamais où il avait échoué. Et tout cela suggérait que Rhalina et Jhary, s'ils étaient encore en vie, étaient eux aussi abandonnés sur un Plan inconnu.

Le gros homme ouvrit le battant et une femme non moins grasse, aux jupes blanches volumineuses, entra derrière lui dans la chambre, portant un plateau chargé de viande, de légumes, de fruits et d'un bol de soupe fumante. La femme lui sourit en lui présentant le plateau comme elle eût offert de la nourriture à un fauve en cage. Il s'inclina en souriant et accepta le plateau. Elle prit soin d'éviter de toucher sa main à six doigts.

« Vous êtes bonne », lui dit Corum, sachant bien qu'elle ne comprenait pas, mais voulant lui exprimer sa gratitude. Les aliments n'étaient pas spécialement bien cuisinés ni savoureux, mais il avait faim. Il mangea le tout de bonne grâce et finalement, s'inclinant de nouveau, il remit le plateau au couple silencieux.

Il avait mangé trop et trop vite et se sentait l'estomac lourd. La nourriture mabden ne lui avait jamais beaucoup plu et celle-ci était plus grossière encore que de coutume. Toutefois, il feignit d'être très satisfait, car il y avait un certain temps qu'on ne lui avait manifesté tant d'amabilité.

Puis le gros homme lui posa une question. Cela ressemblait à un mot unique : « Fenk ?

— Fenk ? » répéta Corum en secouant la tête.

« Fenk ? »

Corum fit encore un signe d'incompréhension.

« Pannis? »

Encore un geste. Il y eut d'autres questions du même genre — un seul mot — et chaque fois Corum manifesta son ignorance. C'était maintenant son tour. Il essaya divers mots en dialecte mabden, langage dérivé du vadhagh. L'homme ne comprenait pas. Il désigna la main à six doigts, les sourcils froncés, puis ses propres mains, faisant le geste de trancher. Corum finit par saisir qu'il lui demandait s'il avait perdu une main à la guerre et si celle-ci était artificielle. Corum fit un signe d'assentiment et sourit, se tapotant ensuite l'œil. L'homme paraissait satisfait, mais curieux à l'extrême. Il admirait la Main. Sans aucun doute, il croyait que c'était l'œuvre d'un mortel et Corum était dans l'incapacité de lui expliquer que la sorcellerie seule la lui avait donnée. L'homme fit signe à Corum de le suivre par la porte. Corum y consentit volontiers et on le conduisit en bas, dans ce qui ne pouvait être qu'un atelier.

Maintenant, il comprenait. L'homme fabriquait des membres artificiels. Il en expérimentait de diverses espèces. Il y avait des jambes de bois, d'os et de métal, dont certaines très compliquées. Il y avait des mains taillées dans l'ivoire ou façonnées de métal articulé. Des bras, des pieds et même une sorte de cage thoracique en acier. Il y avait également un grand nombre de dessins anatomiques dans un style étranger, spécial. Corum était fasciné. Il vit des parchemins rassemblés sous des couvertures de cuir et ouvrit un de ces volumes. Cela ressemblait à un livre de médecine. Bien que plus grossier en matière de dessin, et bien que les caractères anguleux inconnus n'eussent pas de beauté en soi, il lui sembla que le livre était aussi avancé que beaucoup de ceux produits par les Vadhaghs avant la venue des Mabdens. Il frappa sur le livre d'un air admiratif.

« C'est bon ! » dit-il.

L'homme sourit et tapota de nouveau la main de Corum. Celui-ci se demandait ce que penserait cette sorte de médecin s'il pouvait lui expliquer d'où provenait cette main. Le pauvre homme eût sans doute été horrifié. Ou plutôt convaincu que Corum était dément, comme lui-même l'aurait pensé avant d'avoir fait connaissance avec la sorcellerie.

Corum laissa le médecin examiner le bandeau sur son orbite et l'œil à l'intérieur.

Le gros homme était encore plus intrigué. Il secouait la tête, le front plissé. Corum rabaissa le bandeau. Il souhaitait à moitié pouvoir démontrer à l'autre à quoi servaient à l'occasion cet œil et cette main.

Corum avait maintenant une idée de la façon dont il était arrivé là. Évidemment, des citoyens l'avaient trouvé inanimé et avaient appelé le médecin, ou avaient transporté Corum chez lui. L'homme, passionné par ses recherches sur les membres artificiels, n'avait été que trop heureux de recueillir le Prince, bien que ce dernier n'imaginât pas ce qu'il avait pu penser à la vue de son armure et de ses armes.

Toutefois, Corum s'impatientait à présent, inquiet du sort de Rhalina et de Jhary. S'ils étaient dans ce même monde, il devait les retrouver. Il était même possible que Jhary, après avoir voyagé à travers tant de Plans, fût en mesure de parler la langue locale. Il prit une feuille de parchemin vierge et une plume, qu'il trempa dans l'encre (un peu différente de celles des Mabdens, la plume) et dessina les silhouettes d'un homme et d'une femme. Il leva deux doigts et montra l'extérieur, en faisant des grimaces et en gesticulant pour exprimer qu'il ignorait où ils étaient.

Le gros docteur inclina vigoureusement la tête. Il

comprenait. Mais il se mit à démontrer d'une façon presque comique qu'il ignorait où étaient Jhary et Rhalina, qu'il ne les avait pas vus, que Corum était seul quand on l'avait découvert.

« Il faut que je les recherche ! » dit impatiemment Corum, se désignant puis montrant le dehors. Le docteur comprit et approuva de la tête. Il réfléchit un instant puis fit signe à Corum de ne pas bouger. Il partit et revint après avoir passé une veste. Il remit à Corum un grand manteau simple pour dissimuler ses propres vêtements, un peu incongrus pour l'endroit. Ils sortirent ensemble.

Bien des gens dévisagèrent Corum au passage, dans les rues. Évidemment, la nouvelle de la présence de cet étranger s'était répandue. Le docteur menait Corum à travers la foule. Ils passèrent sous une arche dans la muraille. Une route blanche et poudreuse se perdait parmi les champs. On distinguait au loin une ou deux fermes.

Ils finirent par arriver à un petit bois, où le docteur s'arrêta, montrant à Corum l'endroit où on l'avait recueilli. Le Prince examina les lieux et découvrit ce qu'il cherchait. C'était le fragment tordu de bastingage. Il le désigna au médecin, qui n'avait jamais dû voir chose semblable, car il en eut le souffle coupé d'étonnement, retournant entre ses mains le débris.

C'était la preuve que Corum n'avait pas perdu la raison, qu'il n'avait que depuis peu quitté le Royaume du Chaos.

Il examinait le paysage paisible. Existait-il vraiment de tels coins, où la lutte éternelle restait inconnue ? Il se sentait un peu jaloux des habitants de ce Plan. Nul doute qu'ils eussent leurs propres chagrins, leurs difficultés. Bien sûr ils connaissaient la guerre et la douleur, sinon pourquoi le médecin se serait-il intéressé à la fabrication de membres artificiels ? Et pourtant, le pays donnait une impression d'ordre, et Corum était certain qu'aucun dieu — de la Loi ou du Chaos — n'existait là.

Mais il savait qu'il eût été vain de nourrir l'espoir d'y rester, car il était différent d'eux, il ne leur ressemblait même pas physiquement. Il se demandait quelles hypothèses le médecin construisait pour expliquer sa venue.

Il se mit en marche à travers les arbres, appelant alternativement Rhalina et Jhary.

Plus tard, il entendit un cri et pivota vivement dans l'espoir que c'était la femme qu'il aimait. Mais non. Un grand gaillard aux traits sombres, en robe noire, venait à grands pas vers eux à travers champs, ses cheveux blancs volant au vent. Le médecin s'en approcha et ils s'entretinrent un moment, examinant Corum, qui attendait. Puis ils discutèrent et se mirent en colère. Le nouveau venu pointait un long index accusateur vers Corum tout en agitant l'autre main.

Le Prince éprouvait une certaine crainte et regrettait de n'avoir pas emporté son épée.

L'homme en robe fit soudain demi-tour et repartit vers le bourg, laissant le docteur, les traits contractés, en train de se frotter la mâchoire.

Corum s'inquiétait, devinant que quelque chose n'allait pas, que l'homme en robe objectait à sa présence, trouvait matière à soupçons dans son apparence physique. Et l'homme en robe paraissait plus influent que le médecin. Et manquait de sympathie envers Corum.

Tête basse, le docteur revint près de Corum. Il leva la tête, les lèvres pincées. Il murmura dans sa langue, comme on parle à un animal favori... Un animal que l'on est sur le point de tuer ou de chasser.

Corum décida qu'il devait se couvrir de son armure et récupérer immédiatement ses armes. Il montra du doigt la ville et repartit, suivi du médecin, toujours plongé dans d'amères réflexions.

Dans la maison du médecin, Corum mit sa cotte de mailles, ses jambières d'argent et son casque. Il boucla son ceinturon avec sa grande épée, passa sur ses épaules les courroies de son arc, de son carquois et de sa lance.

Il se rendait compte qu'il avait l'air plus étranger que jamais, mais il se sentait plus en sûreté. Il regarda dans la rue par la fenêtre. La nuit venait. Il ne restait que de rares passants. Il sortit de la chambre et descendit jusqu'à la porte de la maison. Le médecin cria quelque chose et voulut l'empêcher de partir, mais Corum le repoussa doucement, souleva le loquet et sortit.

Le médecin lança un appel... un avertissement. Mais Corum n'en tint pas compte, d'abord parce qu'il n'avait plus besoin d'avertissement, ensuite parce qu'il ne voulait pas que ce brave homme partageât ses dangers. Il marchait dans la nuit.

Peu de gens le virent. Personne ne l'arrêta, ne le tenta même, bien qu'on le regardât curieusement tout en riant. On devait sans doute le prendre pour un idiot. Mieux valait qu'ils rient de lui que de le craindre, sinon le péril eût été beaucoup plus grand, songeait Corum.

Il longea les rues un certain temps puis arriva à une maison partiellement en ruine et abandonnée. Il décida de s'y reposer pour la nuit, de s'y cacher en attendant sa prochaine initiative.

Il pénétra par la porte brisée, et des rats s'enfuirent. Il monta les degrés de l'escalier branlant et découvrit une pièce avec une fenêtre sur la rue. Il ignorait pour quelle raison exacte il avait quitté la maison du docteur, sinon qu'il souhaitait éviter des démêlés avec l'homme en robe. Bien sûr, s'ils tenaient vraiment à le dénicher, ils ne tarderaient pas. Mais, s'ils étaient un tant soit peu superstitieux, ils penseraient peut-être qu'il avait disparu aussi mystérieusement qu'il était venu.

Il s'installa pour dormir, sans faire attention au va-et-vient des rats.

Éveillé à l'aube, il regarda dans la rue. Ce devait être l'artère principale de la ville, et elle était déjà animée, avec des commerçants et autres travailleurs, dont certains menaient des ânes, des chevaux, des charrettes, tout en s'interpellant.

Une odeur de pain frais lui donna faim mais, quand une voiture de boulanger s'arrêta juste au-dessous de lui, il se retint de voler une miche. Il se rendormit. Quand la nuit viendrait, il tâcherait de trouver un cheval et de laisser la ville derrière lui, d'en chercher d'autres où l'on aurait peut-être des nouvelles de Rhalina ou de Jhary.

Vers le milieu du jour, il entendit des acclamations dans la rue et gagna prudemment la fenêtre.

Des drapeaux flottaient et un orchestre jouait une musique brutale. Une cavalcade allait par les rues... Un défilé militaire, semblait-il, car nombre des cavaliers étaient visiblement des guerriers, avec leurs cuirasses d'acier, leurs glaives et leurs lances.

Au centre de la troupe, presque indifférent aux ovations de la foule, se tenait l'homme qui faisait l'objet de ces honneurs. Il montait un grand cheval jaune et portait un manteau rouge à haut collet qui tout d'abord avait dissimulé son visage à la vue de Corum. Il avait un chapeau sur la tête et une épée au côté. Il plissait le front.

Puis Corum s'aperçut avec un peu de surprise que

l'homme n'avait plus sa main gauche. Il tenait les rênes à l'aide d'un crochet spécial. Le guerrier tourna la tête et Corum resta cette fois stupéfait. Il réprima un cri car l'homme avait un bandeau sur l'œil droit. Et, quoique son visage fût bien celui d'un Mabden, il ressemblait beaucoup à Corum.

Ce dernier se dressa, prêt à appeler l'homme qui aurait pu être son sosie. Mais une main se referma sur sa bouche et des bras vigoureux le maintinrent contre le plancher.

Il tourna brusquement la tête pour voir son assaillant et son œil s'écarquilla.

« Jhary ! » souffla-t-il. « Ainsi, vous êtes sur ce même Plan ! Et Rhalina ? L'avez-vous vue ? »

Le dandy, qui portait maintenant le costume local, fit un signe négatif. « Non. J'espérais que vous étiez ensemble. Je crois comprendre que vous vous êtes déjà fait remarquer ici ?

— Connaissez-vous ce Plan ?

— Vaguement. Je parle une ou deux de leurs langues.

— Et l'homme au cheval jaune... qui est-il ?

— C'est à cause de lui que vous devriez partir d'ici le plus vite possible. C'est vous-même, Corum. Il est votre incarnation sur ce Plan, dans cette ère. Et il va à l'encontre de toutes les lois du Cosmos que vous et lui occupiez le même Plan au même moment. Nous sommes en grand péril, Corum, mais ces gens seraient également en danger si nous continuions — même contre notre gré — à briser l'ordonnance, l'équilibre du Multivers. »

4

LE MANOIR DANS LA FORÊT

« Vous connaissez ce monde, Jhary ? »

Le dandy porta un doigt à ses lèvres et entraîna Corum dans un coin d'ombre tandis que le défilé passait. « Je connais la plupart des mondes, murmura-t-il, mais celui-ci moins bien que beaucoup d'autres. La destruction du vaisseau du ciel nous a projetés à travers le temps de même qu'à travers les dimensions et nous voici échoués sur un monde dont la logique est fondamentalement différente. De plus, nos "moi" existent ici et nous menaçons par conséquent de bouleverser l'équilibre fragile non seulement de cette époque, mais d'autres aussi, sans nul doute. Créer des paradoxes dans un monde qui les ignore serait dangereux, vous comprenez...

— Alors, quittons ces lieux à toute vitesse ! Retrouvons Rhalina et allons-nous-en ! »

Jhary sourit. « On ne quitte pas une ère et un Plan comme on sort d'une chambre, vous le savez bien. En outre, je ne crois pas que Rhalina soit ici, puisqu'on ne l'a pas vue. Il y avait naguère non loin d'ici une dame, avec des dons de voyance. J'espère qu'elle voudra bien nous aider. Les gens de cette époque ont un respect inaccoutumé envers les êtres comme nous... bien que souvent ce respect se transforme en haine et qu'ils nous pourchassent. Savez-vous que vous êtes recherché par un prêtre qui désire vous brûler sur le bûcher ?

— Je sais que j'ai déplu à un homme. »

Jhary eut un petit rire. « Oui... déplu au point qu'il

veut vous torturer à mort. C'est un dignitaire de leur religion. Il a de grands pouvoirs et a convoqué assez de guerriers pour vous rechercher. Nous devons nous procurer des chevaux dès que possible. »

Jhary arpentait le plancher délabré en se caressant le menton. « Il faut retourner promptement aux Quinze Plans. Nous n'avons aucun droit d'être ici...

— Et aucun désir », lui rappela Corum.

Dehors, le bruit des fifres et des tambours s'éloignait et la foule se dispersait peu à peu.

« Je me souviens de son nom, maintenant ! » fit Jhary. Il fit claquer ses doigts. « C'est Dame Jane Pentallyon et elle habite une maison à proximité d'un village appelé Warleggon.

— Quels noms étranges, Jhary-a-Conel !

— Pas plus que les nôtres pour eux. Nous devons nous rendre en toute hâte à Warleggon et prier que Dame Jane Pentallyon y réside encore et n'ait pas elle-même été brûlée ! »

Corum se rapprocha de la fenêtre. « Voici le prêtre avec ses hommes ! », dit-il.

« Je pensais bien que l'on vous aurait vu entrer ici. Ils ont attendu la fin du défilé, de peur que vous ne profitiez de la foule pour vous esquiver. Cela ne me dit rien de les tuer, alors que nous n'avons absolument rien à voir dans leur époque...

— Et, à moi, cela ne me dit rien d'être tué ! » rétorqua Corum. Il s'arma de son épée et se dirigea vers l'escalier.

Il était à mi-chemin quand les premiers soldats firent irruption, le prêtre en robe à leur tête. Il leur cria quelque chose et esquissa un signe dans la direction de Corum... Sans doute quelque conjuration mabden. Le Prince bondit et lui transperça la gorge, son œil unique flamboyant farouchement.

Les guerriers laissèrent échapper des soupirs d'étonnement. Ils ne s'étaient pas attendus à une mort si prompte pour leur chef. Ils hésitaient sur le seuil.

Jhary murmura derrière Corum : « C'est idiot ! Ils se mettent en colère quand on tue leurs saints hommes. Maintenant, nous allons avoir toute la ville contre nous, et notre départ n'en sera que plus difficile. »

Corum haussa les épaules et marcha sur les quatre guerriers serrés dans l'encadrement de la porte. « Ces hommes ont des chevaux. Prenons-les, qu'on en finisse, Jhary ! J'en ai assez de cette indécision. Défendez-vous, Mabdens ! »

Les Mabdens parèrent ses premiers coups, mais ce faisant se gênèrent les uns les autres. Corum en toucha un au cœur et un autre à la main. Les deux survivants s'enfuirent dans la rue en hurlant.

Corum et Jhary — ce dernier le visage fermé et réprobateur — les suivirent. Il préférait des méthodes plus subtiles. Toutefois, sa propre épée ôta la vie d'un cavalier qui cherchait à le renverser et, repoussant le corps de la selle, il enfourcha la monture. Celle-ci se cabra et arqua l'encolure, mais Jhary la maîtrisa et se défendit contre deux autres cavaliers qui arrivaient du bout de la rue.

Corum était encore à pied. Il se servait de sa main endiamantée comme d'une massue, se frayant passage jusqu'à un endroit où plusieurs chevaux se tenaient, sans cavaliers. Les Mabdens étaient, semblait-il, effrayés du contact de cette étrange main à six doigts et s'efforçaient d'en esquiver les coups. Deux encore moururent avant que Corum ait pu sauter en selle. Il demanda :

« Par où, Jhary ?

— Par ici ! » Sans un regard en arrière, Jhary lança sa monture au galop.

Écartant violemment un homme qui tentait de saisir les rênes, Corum suivit son ami. La ville était en tumulte tandis qu'ils fonçaient vers la muraille de l'ouest. Marchands et paysans s'efforçaient de leur barrer le passage, ils devaient franchir d'un saut les charrettes et disperser le bétail et les moutons. Et d'autres guerriers accouraient, de deux directions différentes.

Puis ils se couchèrent sur l'encolure pour franchir l'arche de la porte et se trouvèrent hors les murs, se précipitant sur la route blanche et poudreuse, poursuivis par toute une troupe.

Des flèches sifflaient à leurs oreilles, car les archers avaient gagné les murailles. Corum était étonné de la portée de ces arcs. « Seraient-ce des flèches ensorcelées, Jhary ?

— Non ! C'est une sorte d'arc inconnu de notre ère. Ces gens y sont passés maîtres. Mais nous avons encore la chance que ces arcs soient trop encombrants pour que l'on puisse les manier à cheval. Regardez ! les flèches commencent d'ailleurs à tomber court ! Mais les cavaliers restent en course. Vite ! Dans ce bois, là-bas, Corum ! »

Ils quittèrent la route pour s'enfoncer dans une forêt profonde et odoriférante, sautèrent un ruisseau, les sabots des chevaux glissant un instant sur la mousse grasse.

« Que va-t-il arriver au médecin ? Celui qui m'a recueilli ? » demanda Corum.

« Il mourra, à moins d'être assez malin pour vous dénoncer », répondit Jhary.

« Mais c'est un homme d'une haute intelligence et d'une grande humanité. Un homme de science... de savoir.

— Toutes raisons de plus de le supprimer, si les

prêtres sont les maîtres. Ici, on respecte la superstition et non le savoir.

— Pourtant, le pays est si agréable! Les gens semblent bons et pleins de gentillesse.

— Vous osez dire cela, avec ces soldats à nos trousses? » Jhary éclata de rire en frappant la croupe de son cheval pour accélérer l'allure. « Si ceci vous semble un paradis, c'est parce que vous avez trop vu Glandyth et son espèce, et le Chaos, et ainsi de suite!

— Par comparaison avec ce que nous avons connu, c'est pourtant le paradis, Jhary.

— Oui, peut-être avez-vous raison. »

Après force détours et nombre de haltes en des lieux bien abrités, ils semèrent leurs poursuivants avant le coucher du soleil. Ils marchaient maintenant sur un étroit sentier, menant par la bride leurs chevaux fatigués.

« Nous sommes encore loin de Warleggon, dit Jhary. Je regrette de ne pas avoir de carte pour nous guider, car c'est dans un corps différent, avec d'autres yeux, que j'ai vu ce pays, la dernière fois.

— Comment l'appelle-t-on ? » s'enquit le Prince à la Robe Écarlate.

« Tout comme Lywm-an-Esh, cette terre est divisée en une quantité de fiefs sous la domination d'un monarque. Ce pays-ci se nomme Kernow, ou Cornouailles, selon que l'on parle le dialecte de la région ou la langue officielle du Royaume. C'est une population soumise à la superstition, bien que ses traditions soient plus anciennes que dans la plupart des autres fiefs, et vous vous apercevrez que cela ressemble beaucoup à votre Bro-an-Vadhagh. Ses souvenirs remontent plus loin que ceux de toutes les autres parties du Royaume.

Ces souvenirs se sont estompés, mais le peuple conserve des fragments de légendes relatives à un peuple comme le vôtre qui vivait ici autrefois.

— Alors, ce Kernow serait dans mon avenir ?

— Dans un avenir, mais probablement pas le vôtre. Le futur d'un autre Plan, peut-être. Il y a sans nul doute d'autres avenirs où les Vadhaghs ont prospéré et d'où les Mabdens ont disparu. Après tout, le Multivers recèle des possibilités à l'infini.

— Vous savez beaucoup de choses, Jhary-a-Conel. »

Le dandy fouilla sous sa chemise et en tira son petit chat blanc et noir. L'animal était resté là durant le combat et la fuite. Il se mit à ronronner, étirant ses pattes et ses ailes. Puis il se percha sur l'épaule de Jhary.

« Mon savoir est fragmentaire, fit Jhary d'un ton las. Je n'ai en général que des demi-souvenirs.

— Mais comment en savez-vous autant sur ce Plan ?

— Parce que j'y demeure même à présent. Voyez-vous, il n'existe pas de chose telle que le temps. Je me rappelle ce qui est pour vous "avenir". Je me rappelle une de mes nombreuses incarnations. Si vous aviez observé la cavalcade un peu plus longtemps, vous y auriez vu non seulement vous-même, mais moi. Ici, je porte un titre important, mais je suis au service de celui que vous avez vu sur le cheval jaune. Il est né dans la ville que nous venons de quitter, et ces gens le considèrent comme un grand soldat, bien que, comme vous, je pense qu'il préférerait la paix à la guerre. Tel est le destin de l'Éternel Champion.

— Je ne veux plus entendre parler de cela. Cela me bouleverse trop ! » fit vivement Corum.

« Je ne saurais vous en blâmer. »

Ils s'arrêtèrent enfin pour faire boire les chevaux et dormir à tour de rôle. Parfois, des groupes de cavaliers passaient au loin, leurs torches brûlant dans la nuit, mais ils ne vinrent jamais assez près pour constituer une menace.

Au matin, ils arrivèrent en bordure d'une vaste lande. Une pluie légère tombait, mais ils n'en étaient nullement incommodés ; au contraire, elle les rafraîchissait.

Leurs chevaux au pied sûr se mirent au trot sur la lande, les menant bientôt à une vallée et à une forêt.

« Nous avons maintenant contourné Warleggon, dit Jhary. J'ai jugé cela plus sage. Mais voici la forêt que je cherchais. Voyez cette fumée qui monte au milieu ! J'espère bien que c'est le manoir de Dame Jane. »

Ils suivirent alors un chemin étroit bordé des deux côtés par des haies de fleurs sauvages et de mousses aux riches parfums et virent enfin deux piliers de pierre brune surmontés de sculptures représentant des faucons aux ailes déployées, patinées par les intempéries. Les grilles de fer ouvragé étaient ouvertes et les montures s'engagèrent sur une allée de gravier. Après un coude, ils se trouvèrent devant la demeure. Vaste et à deux étages, elle était bâtie en pierre un peu brune, avec un grand toit d'ardoise et cinq cheminées de teinte rougeâtre. Des fenêtres à persiennes s'ouvraient dans la façade avec, au centre, une porte basse.

Deux vieillards apparurent à un angle de la maison au bruit des sabots sur le gravier. Les hommes avaient la peau sombre, les sourcils épais, les cheveux gris. Ils étaient vêtus de cuir et de peaux et, si l'on pouvait deviner leur expression, c'était un air de satisfaction morose à la vue de Corum avec son heaume et sa cotte de mailles en argent.

Jhary leur adressa la parole dans leur propre langue, qui n'était pas celle que Corum avait entendue dans la ville, mais semblait avoir une faible parenté avec celle des Vadhaghs.

Un des hommes emmena les chevaux à l'écurie. L'autre entra dans la demeure par la porte principale. Corum et Jhary attendirent à l'extérieur.

Alors, elle vint sur le seuil.

C'était une femme âgée, mais belle, aux longs cheveux nattés, d'un blanc pur, avec une mantille sur le front. Elle portait une robe flottante en soie bleu pâle, avec d'amples manches et des broderies au col et à l'ourlet.

Jhary lui parla dans sa langue, mais elle sourit.

Elle s'exprima dans le pur langage vadhagh.

« Je sais qui vous êtes. Nous vous attendions ici, au Manoir dans la Forêt. »

5

DAME JANE PENTALLYON

La vieille et belle dame les conduisit dans la salle fraîche. Des viandes, des vins et des fruits couvraient la table de chêne poli. Elle regardait plus souvent Corum que Jhary. Et c'était un regard où il y avait presque de la tendresse.

Corum ôta son casque en s'inclinant. « Nous vous remercions, ma Dame, de votre gracieuse hospitalité. Je constate que la bonté règne dans votre pays, aussi bien que la haine. »

Elle sourit en hochant la tête. « Il y en a qui sont bons, mais pas beaucoup, dit-elle. En tant que race, le peuple des Elfes est meilleur.

— Le peuple des Elfes, madame?

— Votre peuple. »

Jhary tira de sous sa veste un chapeau écrasé. C'était son couvre-chef préféré. Il le contemplait avec tristesse. « Il sera difficile de lui restituer sa forme. C'est pour les chapeaux que toutes ces aventures sont le plus pénibles, j'en ai peur. Dame Jane Pentallyon parle de la race vadhagh, Prince Corum, ou de ses parents, les Eldrens, qui ne sont guère différents, sauf pour les yeux, tout comme les Melnibonéens et les Nilanriens sont des branches d'une même race. Dans ce pays, on les appelle parfois les Elfes... parfois démons, djinns, ou même dieux selon les régions.

— Je vous demande pardon, dit Dame Jane d'un ton doux. J'avais oublié que vous préférez employer votre propre nom pour désigner les vôtres. Et pourtant, le nom d'Elfes sonne aimablement à mes oreilles, de même qu'il est bien agréable de parler de nouveau votre langue après tant d'années.

— Appelez-moi comme vous voudrez, madame, dit galamment Corum. Car il est presque certain que je vous dois la vie et peut-être la paix de l'esprit. D'où vient que vous ayez appris notre langue?

— Mangez, dit-elle. J'ai fait préparer la nourriture la plus tendre possible, sachant bien que les Elfes ont le palais plus délicat que nous. Je vous conterai mon histoire pendant que vous apaiserez votre faim. »

Corum se mit à manger et constata que c'était la meilleure nourriture mabden qu'il eût jamais goûtée. Par comparaison avec ce qu'on lui avait servi en ville, c'était léger comme l'air et d'une délicate saveur. Dame Jane Pentallyon prit la parole, d'une voix lointaine et nostalgique.

« J'étais encore une jeune fille de dix-sept ans et déjà

maîtresse de ce manoir, car mon père était mort en croisade et ma mère avait péri de la peste lors d'une visite à sa sœur. Mon petit frère était mort, lui aussi, car elle l'avait emmené. J'étais malheureuse, naturellement, mais encore trop jeune pour savoir que la meilleure façon de traiter la peine, c'est de lui faire face et non d'essayer de lui échapper. Je feignais de n'être nullement affectée de la mort de toute ma famille. Je me mis à lire des romans et à rêver que j'étais une Guenièvre ou une Yseult. Les domestiques que vous avez vus me servaient déjà et ne paraissaient guère plus jeunes à l'époque. Ils respectaient mes humeurs et il n'y avait personne pour m'arrêter sur la pente de la douce folie qui s'emparait de moi. Je vivais de plus en plus dans mes rêves et songeais de moins en moins au monde qui, de toute façon, était bien lointain et ne me donnait pas de ses nouvelles. Puis, un jour, une tribu d'Égyptiens passa devant le manoir et demanda l'autorisation d'installer son campement dans une clairière non loin d'ici. Je n'avais jamais vu de tels visages, foncés, étranges, avec des yeux noirs étincelants ; j'en étais fascinée et je les croyais détenteurs de secrets magiques comme Merlin. Je sais à présent que la plupart d'entre eux étaient totalement ignorants. Mais il y avait une fille de mon âge, orpheline comme moi, à laquelle je m'identifiais. Elle était brune et moi blonde, nous avions la même taille, les mêmes formes et, certainement parce que le narcissisme était devenu un de mes défauts, je l'invitai à vivre à la maison avec moi après le départ du reste de la tribu... qui avait emmené, inutile de le dire, une grande partie de notre bétail. Mais peu m'importait, car les contes d'Aireda — qu'elle avait appris de ses parents, disait-elle — étaient beaucoup plus échevelés que ce que j'avais pu lire dans les livres, et même que mes plus folles imaginations. Elle parlait d'êtres anciens et sombres que l'on pouvait encore évoquer pour emporter les jeunes filles en des pays aux joies magiques, des mondes où de grands demi-dieux armés d'épées magiques tranchaient la matière même de la nature quand l'envie les en prenait. Je crois à présent qu'Aireda inventait une bonne part de ce qu'elle me racontait — brodant sur les récits de sa mère et de son père — mais l'essence de ce qu'elle disait était naturellement la vérité. Aireda prétendait avoir appris des enchantements pour évoquer ces êtres, mais elle avait peur d'y recourir. Je la suppliai de conjurer pour chacune de nous un dieu d'un autre monde qui serait notre amant, mais elle eut peur et refusa. Une année passa et nos sombres passe-temps se poursuivirent, nos esprits s'imprégnèrent de plus en plus de magie et de démons et de dieux, si bien que, devant mes constantes insistances, Aireda vit faiblir sa résolution de ne pas prononcer les paroles du sortilège et de ne pas accomplir les rites dont elle était informée... »

Dame Jane Pentallyon prit un plat de fruits en tranches et le présenta à Corum, qui accepta.

« Je vous en prie, madame, continuez...

— Bon. J'appris d'elle les dessins à graver sur les dalles du sol, les herbes à faire bouillir, les dispositions à donner à des pierres précieuses et à des roches diverses, à des chandelles et autres accessoires. Je tirai d'elle tout ce qu'elle savait, hormis les incantations et les signes à tracer dans l'air avec un couteau de cristal étincelant. Alors, je gravai les dessins sur les dalles, je cueillis les herbes, je me procurai les gemmes et les pierres et j'envoyai chercher à la ville les chandelles. Puis je présentai le tout à Aireda, un jour, en lui disant qu'elle devait invoquer les Anciens qui gouvernaient cette terre avant les druides qui, eux-mêmes, avaient précédé les chrétiens. Elle accepta, car elle était déjà devenue aussi folle que moi. Nous choisîmes la veillée de la Toussaint pour le rite, bien que je ne croie plus que cela ait eu une importance quelconque. On disposa les pierres et les roches, on traça les dessins dans l'air avec le couteau de cristal des sorcières, on brûla les chandelles, on fit bouillir les herbes et on but le bouillon. Et cela opéra... »

Jhary, bien installé sur son siège, gardait les yeux fixés sur Dame Jane Pentallyon. Il mangeait une pomme.

« Et vous avez réussi à conjurer un démon ? » fit-il.

« Un démon ? Je ne crois pas, bien qu'il en eût l'air à nos yeux, avec ses yeux obliques et ses oreilles pointues... Un visage assez semblable au vôtre, Prince Corum... Et d'abord nous prîmes peur parce qu'il se tenait au centre de notre cercle magique et qu'il était furieux, vociférant et nous menaçant dans une langue qu'à l'époque je ne comprenais pas. Bon. Mon histoire s'étire et je ne veux pas vous ennuyer, sauf pour ajouter que ce pauvre "diable" était naturellement un homme de votre race, arraché à son propre monde par nos incantations, nos diagrammes et nos cristaux, et fort impatient d'y retourner.

— Et y est-il retourné, madame ? » demanda doucement Corum, car il devinait qu'elle avait les larmes au bord des yeux.

Elle secoua la tête.

« Il n'a pas pu, car nous n'avions pas le moyen de le renvoyer. Après une période de stupéfaction — car, à la vérité, nous n'avions pas cru à notre propre jeu ! — nous l'avons installé ici le plus confortablement possible, regrettant nos agissements et nous rendant compte de la tristesse de sa position. Il apprit un peu de notre langue et nous un peu de la sienne. Nous le jugions très sage, bien qu'il prétendît avec insistance n'être qu'un membre obscur d'une famille nombreuse mais peu importante de petite noblesse, qu'il était soldat et non savant ou sorcier. Tout en comprenant sa modestie, nous ne l'en admirions pas moins. Je pense que cela lui faisait plaisir, bien qu'il continuât de nous prier de le renvoyer à sa propre époque et sur son propre Plan. »

Corum sourit. « Je devine les sentiments que j'éprouverais si deux jeunes filles avaient été responsables de mon arrachement soudain à tout ce que je connaissais, à tout ce que j'aimais, puis m'avaient annoncé que ce n'était qu'un jeu pour elles et qu'elles n'avaient aucun moyen de me faire repartir ! »

Dame Jane ébaucha à son tour un sourire. « Oui, certes. Enfin... peu à peu Gerane — c'était un de ses noms — s'accoutuma à sa vie dans une certaine mesure, et l'amour survint entre nous, et nous fûmes heureux pour un temps. Malheureusement, je n'avais pas prévu qu'Aireda tomberait également amoureuse de Gerane. — Elle soupira. — J'avais rêvé d'être Guenièvre, Yseult, d'autres héroïnes de roman encore, mais j'oubliais que toutes ces femmes finissaient en victimes de tragédies. La nôtre commença à se dérouler et, au début, je ne m'en aperçus pas. La jalousie s'empara d'Aireda, qui en vint à me haïr d'abord, et ensuite Gerane. Elle dressait des plans de vengeance de toutes sortes, mais qui ne la satisfaisaient jamais assez. Elle avait appris que le peuple de Gerane avait des ennemis — une autre race à l'âme plus sombre — et elle avait deviné qu'un des rites de sa mère permettait d'évoquer des membres de cette autre race... d'autres démons, avait cru sa mère. Ses premières tentatives se soldèrent par des échecs, mais elle se concentra pour se rappeler le moindre détail de ces antiques enchantements.

— Elle conjura donc les ennemis de Gerane ?

— Oui. Trois d'entre eux vinrent une nuit dans la maison. Elle fut leur première victime, car ils détestent les humains autant que les Elfes... votre peuple. C'étaient des créatures molles, gauches, mal faites, totalement différentes de votre race, Prince Corum. Nous devrions les qualifier de gnomes ou d'un nom analogue.

— Et qu'ont-ils fait après avoir tué Aireda ?

— Elle n'était pas morte, mais gravement blessée, car ce fut en conversant avec elle plus tard que j'appris ce qu'elle avait fait...

— Et Gerane ?

— Il n'avait pas d'épée. Il n'en avait pas apporté. Il n'en avait pas besoin au Manoir de la Forêt.

— Ils l'ont tué ?

— Il entendit le bruit et descendit pour en découvrir la cause. Ils le massacrèrent là, près de la porte. » Elle pointa le doigt. Les larmes brillaient maintenant sur ses joues. « Ils le découpèrent en tronçons, mon amour d'Elfe... » Elle baissa la tête.

Corum se leva pour consoler la vieille et belle Dame Jane Pentallyon. Elle serra brièvement sa main mortelle et réprima son chagrin. Elle se redressa. « Les... gnomes... ne restèrent pas dans la maison. Sans nul doute étaient-ils effarés de ce qu'il leur était arrivé. Ils s'enfuirent dans la nuit.

— Savez-vous ce qu'ils sont devenus ?

— Des années après, j'appris que des bêtes ressemblant à des hommes terrorisaient les populations d'Exmoor, mais qu'elles avaient finalement été prises, et qu'on leur avait planté des épieux dans le cœur car on les croyait issues du Démon. Mais il n'était question que de deux d'entre eux, si bien que le troisième vit peut-être encore en quelque endroit caché, toujours ignorant de ce qui lui est arrivé et de l'endroit où il se trouve. J'éprouve une certaine sympathie envers lui...

— Si cela vous est trop pénible, ne continuez pas votre récit, madame », dit Corum à voix basse.

« Depuis lors, poursuivit-elle, je me suis occupée à l'étude des sagesses anciennes. J'avais appris diverses choses par Gerane et j'ai par la suite discuté avec des hommes et des femmes initiés aux arts mystiques. Mon espoir était de rechercher le Plan du peuple de Gerane, mais il est devenu évident que nos Plans distincts ne sont plus en conjonction car j'en ai suffisamment appris pour savoir que les Plans tournent les uns autour des autres, comme d'aucuns le prétendent pour les planètes. J'ai un peu acquis l'art de voir dans l'avenir et dans le passé et en d'autres Plans, comme en avaient la capacité les compatriotes de Gerane...

— Mon peuple possède aussi en partie cet art, confirma Corum quand elle lui lança un coup d'œil interrogateur. Mais nous l'avons progressivement perdu et n'avons plus que la possibilité de voir dans les cinq Plans qui composent notre Domaine.

— Oui. — Elle hocha la tête. — Je ne saurais expliquer pourquoi ces pouvoirs grandissent puis déclinent ainsi.

— C'est l'affaire des dieux, dit Jhary. Ou peut-être de notre croyance en eux.

— Votre seconde vue vous a donné un aperçu de l'avenir, et c'est ainsi que vous avez su que nous venions vous demander de l'aide? » s'enquit Corum.

Elle fit un signe affirmatif.

« Vous savez donc que nous nous efforçons de regagner notre époque, où il est urgent d'agir?

— Oui.

— Êtes-vous en mesure de nous aider?

— Je connais quelqu'un qui peut vous mettre sur la

voie conduisant à la réalisation de ce désir, mais il ne peut davantage.

— Un sorcier ?

— Un peu. Tout comme vous, il n'est pas de notre époque. Comme vous, il cherche constamment à regagner son propre monde. Il se déplace aisément dans les quelques siècles qui encadrent le temps présent, mais il souhaite franchir de nombreux millénaires, et il ne le peut pas.

— S'appelle-t-il Bolorhiag ? demanda soudain Jhary. Un vieil homme avec une jambe atrophiée ?

— C'est sa description, mais nous l'appelons simplement le Frère, car il a tendance à porter l'habit clérical, qui lui assure la plus grande protection à travers les périodes historiques qu'il visite.

— C'est bien Bolorhiag, dit Jhary. Encore une âme perdue. Il en existe ainsi quelques-unes qui sont trimbalées dans le Multivers de cette manière. Parfois, ce n'est nullement de leur faute, elles ont été tout simplement emportées, bon gré mal gré, par les vents qui soufflent à travers les dimensions. D'autres, comme Bolorhiag, sont des expérimentateurs — sorciers, savants, philosophes, appelez-les comme vous voudrez — qui ont compris un peu de la nature du temps et de l'espace, mais pas assez pour se protéger. Eux aussi se trouvent emportés par les vents. Il y en a également qui, comme moi — vous le savez — semblent être les habitants naturels de tout le Multivers... ou encore des héros comme vous, Corum, qui sont condamnés à passer d'ère en ère, de Plan en Plan, d'identité en identité, en luttant pour la cause de la Loi. Et il existe des femmes d'une certaine nature, comme vous, Dame Jane, qui aiment ces héros. A quoi tendent ces myriades d'existences, je l'ignore, et il vaut probablement mieux n'en rien savoir... »

Dame Jane hocha gravement la tête. « Je crois que vous avez raison, messire Jhary, car plus on vieillit moins on voit d'utilité à la vie. Cependant, ce n'est pas la philosophie qui nous intéresse, nous avons des problèmes plus urgents. J'ai évoqué le Frère et j'espère qu'il entendra et viendra... Tel n'est pas toujours le cas. En attendant, j'ai un présent pour vous, Prince Corum, car j'ai l'impression qù'il pourra vous servir. Il semble qu'une puissante conjonction soit sur le point de se produire dans le Multivers, que durant un instant du temps toutes les ères et tous les Plans doivent se rencontrer. Je n'avais jamais encore entendu parler d'un événement semblable. Ce renseignement est donc une partie de mon cadeau. L'autre partie, c'est ceci... » D'un cordonnet passé à son cou, elle tira un mince objet qui, bien que d'un blanc laiteux, étincelait de toutes les nuances du spectre. C'était un couteau taillé dans un cristal inconnu de Corum.

« Est-ce... » commença-t-il.

Elle inclina la tête pour passer le cordon au-dessus. « C'est le couteau de sorcière qui m'a amené Gerane. Je pense qu'il vous portera secours quand vous en aurez grand besoin. Il appellera à vous votre frère...

— Mon frère? Mais je n'en ai...

— C'est ce que l'on m'a dit, fit-elle, et je ne peux rien ajouter. Mais voici le couteau. Prenez-le, je vous prie. »

Corum passa le cordon à son propre cou. « Je vous remercie, madame.

— Un autre vous dira quand et comment vous en servir. Et maintenant, messieurs, voulez-vous vous reposer au Manoir de la Forêt jusqu'au moment où le Frère nous rendra visite?

— Nous en serions honorés, dit Corum. Mais, madame, veuillez me dire si vous savez quoi que ce soit de la femme que j'aime, car nous sommes séparés. Il s'agit de Dame Rhalina d'Allomglyl, et je crains pour sa sûreté. »

Dame Jane fronça les sourcils. « Il m'est passé rapidement par la tête quelque chose concernant une femme. J'ai l'impression que, si votre présente quête est couronnée de succès, vous serez réunis. Si vous échouez, alors vous ne la reverrez jamais. »

Le sourire de Corum fut chargé de tristesse.

« Alors, il ne faut pas que j'échoue », dit-il.

6

SUR LES MERS DU TEMPS

Les jours passaient et, en temps normal, Corum se serait énervé, impatienté. Mais la vieille et belle dame le calmait, lui parlait du monde où elle vivait mais qu'elle ne voyait que rarement. Certains aspects en étaient étranges pour Corum, mais il commençait à comprendre pourquoi les gens insolites éveillaient en général la méfiance, car ce que les Mabdens de ce monde souhaitaient avant tout, c'était l'équilibre, une stabilité qui ne fût pas menacée par les actes des dieux, des démons et des héros. Il en venait à admettre leur point de vue, bien qu'il fût persuadé qu'une saine compréhension de leurs craintes en eût réduit l'emprise. Ils s'étaient inventé un dieu qu'ils appelaient simplement Dieu et l'avaient situé très loin d'eux. Ils détenaient encore des fragments de connaissance de la Balance cosmique, et ils avaient des légendes peut-être liées à la lutte entre la Loi et le Chaos. Comme il le dit à Dame Jane, la Balance n'était que le symbole de l'équilibre... mais on n'atteignait à la stabilité que par la compréhension des forces qui s'exercent dans le monde, et non par leur négation.

Le troisième jour, un des vieux domestiques accourut par l'allée jusqu'à la maison où Jhary-a-Conel, Corum et Dame Jane tenaient conversation. Le vieillard parla dans sa propre langue en montrant la forêt.

« On vous recherche toujours, semble-t-il, leur dit-elle. Nous avons fait lâcher vos chevaux à une journée de distance d'ici pour leur donner le change et les conduire à croire que vous vous cachiez près de Liskeard, mais je ne doute pas qu'ils viennent ici parce que l'on me soupçonne de sorcellerie. — Elle sourit. — Et je mérite leurs soupçons beaucoup plus que les pauvres âmes qu'ils prennent parfois pour les conduire au bûcher.

— Nous découvriront-ils ?

— Il y a un lieu où vous cacher. D'autres y ont eu recours dans le passé. Le vieux Kyn va vous y mener. » Elle parla au vieillard, qui hocha la tête en souriant, comme s'il prenait plaisir à l'événement.

Il les guida jusqu'au grenier, où il ouvrit un pan de faux mur. L'espace dissimulé était enfumé et étroit, mais ils auraient assez de place pour s'étendre et dormir s'ils le désiraient. Ils entrèrent dans les ténèbres et le vieux Kyn remit le mur en place.

Un peu plus tard, ils perçurent des bruits de voix et de bottes dans l'escalier. Ils s'appuyèrent du dos à la fausse muraille pour qu'elle sonne plus plein si on la frappait. On frappa, mais les soldats durent être satisfaits. Leurs voix rudes laissaient percer la fatigue et le mécontentement, comme s'ils avaient été en chasse depuis que Corum et Jhary s'étaient enfuis de la ville.

Les pas s'éloignèrent. Ils perçurent le cliquetis des harnais, encore des voix, puis le heurt des sabots sur le gravier, et plus rien.

Peu après, Kyn vint ouvrir le mur et jeta un coup d'œil dans leur cachette. Il cligna de l'œil. Corum lui sourit et sortit en époussetant sa robe écarlate. Jhary souffla sur le plâtre accroché au pelage de son chat et caressa la petite bête. Il prononça quelques mots dans la langue de Kyn, et le vieillard éclata de rire.

En bas, Dame Jane avait une expression de gravité. « Je pense qu'ils reviendront, dit-elle. Ils ont remarqué que notre chapelle n'avait pas été utilisée depuis longtemps.

— Votre chapelle?

— L'endroit où nous sommes censés prier quand nous n'allons pas à l'église. Il existe des lois sur ce point. »

Corum était étonné. « Des lois? — Il se frotta le visage. — Un monde vraiment difficile à comprendre!

— Si le Frère ne vient pas promptement, il faudra que vous me quittiez pour trouver un autre asile, dit-elle. J'ai déjà envoyé chercher un ami, un prêtre. La prochaine fois que les soldats viendront, ils trouveront une Dame Jane fort dévote, j'espère.

— Madame, je ne voudrais pas que vous soyez inquiétée à cause de nous », dit Corum.

« Ne vous en souciez pas. Ils ne peuvent pas prouver grand-chose. Quand cette peur leur passera, ils m'oublieront de nouveau pour un temps.

— Je souhaite qu'il en soit ainsi. »

Corum se coucha tôt ce soir-là car il éprouvait une fatigue peu naturelle. Sa grande crainte était pour Dame

Jane et il ne pouvait s'empêcher de penser qu'elle minimisait les conséquences de l'incident. Il s'endormit enfin, mais pour être réveillé peu après minuit.

C'était Jhary, tout habillé, chapeau sur la tête et chat sur l'épaule. « Le temps est venu de venir au temps », dit-il.

Corum se frotta les yeux sans comprendre les paroles de son ami.

« Bolorhiag est ici. »

Corum bondit du lit. « Je passe mes vêtements et je descends ! »

En bas de l'escalier, il vit que Dame Jane, enveloppée dans une cape noire, ses cheveux blancs dénoués, était là en compagnie de Jhary-a-Conel et d'un petit homme ratatiné, qui s'aidait d'une canne pour marcher.

La tête de l'homme était beaucoup trop grosse pour la fragilité de son corps, que ne dissimulaient même pas les plis de sa robe de prêtre. Il parlait d'une voix haute et coléreuse.

« Je vous connais, Timeras ! Vous êtes un drôle !

— Je ne suis pas Timeras sous cet aspect, Bolorhiag, mais bien Jhary-a-Conel...

— Et quand même un drôle ! Je répugne presque à parler la même langue que vous et je n'y consens que pour la belle Dame Jane.

— Vous êtes tous les deux des drôles ! » fit-elle en riant. « Et vous savez bien que vous ne pouvez pas vous empêcher de vous apprécier !

— Je ne l'aide que sur vos instances », répliqua l'homme rabougri. « Et parce qu'un jour il consentira à m'aider à son tour.

— Je vous ai déjà dit, Bolorhiag, que j'ai beaucoup de connaissances mais pour ainsi dire pas de talents. Je vous aiderais si je le pouvais, mais mon esprit n'est qu'un amas de souvenirs… les bribes d'un millier de vies dans mon cerveau. Vous devriez avoir de la compassion pour une épave comme moi.

— Bah ! » Bolorhiag tourna son dos difforme pour regarder Corum, de ses yeux bleus étincelants. « Et voici notre autre drôle, hein ? »

Corum s'inclina.

« Dame Jane me demande de vous expédier hors de cet âge dans un autre, où vous l'importunerez moins », reprit Bolorhiag. « Je le ferai volontiers, bien sûr, car elle a le cœur trop tendre pour son propre bien. Mais aucune faveur spéciale pour vous, jeune homme. Compris ?

— Compris, monsieur.

— Alors, on s'y met. Les vents soufflent et peuvent tomber avant que nous ayons pris notre course. Mon véhicule est dehors. »

Corum s'approcha de Dame Jane et lui baisa doucement la main. « Je vous remercie pour ceci, ma Dame, je vous remercie de votre hospitalité, de votre confiance, de vos présents, et je fais des vœux pour que vous connaissiez un jour le bonheur.

— Peut-être dans une autre vie », dit-elle. « Merci de vos pensées et permettez-moi de vous embrasser. » Elle s'inclina pour lui effleurer des lèvres le front. « Adieu, mon Prince des Elfes… »

Il se détourna pour qu'elle ne vît point les larmes dans son œil mortel et suivit l'homme ratatiné, qui sautillait vers la porte.

Sur le gravier, devant la porte, un petit véhicule les attendait. A peine assez grand pour trois et évidemment conçu pour le confort d'une seule personne. La proue incurvée était haute, d'une substance ni bois ni métal, mais entièrement piquetée, comme si elle avait subi de nombreuses tempêtes. Un mât s'élevait au centre, mais la vergue était dépourvue de voile.

« Asseyez-vous là ! » fit impatiemment Bolorhiag en désignant un banc à sa droite. « Je vais me mettre entre vous deux et piloter l'engin. »

Une fois Corum installé, Bolorhiag se plaça près de lui et Jhary occupa l'espace restant. Un globe monté sur pivot paraissait constituer la seule commande du bizarre appareil. Bolorhiag leva la main pour saluer Dame Jane, qui se tenait dans l'ombre de la porte, puis il prit le globe entre ses paumes.

Corum et Jhary s'inclinèrent vers la porte, mais Dame Jane avait disparu. Corum sentit une larme sourdre en son œil unique et crut deviner pourquoi elle n'assistait pas au départ.

Quelque chose trembla autour du mât et Corum vit que c'était une vague zone lumineuse en forme de voile triangulaire. Cela se renforça jusqu'à ressembler à un plan de toile gonflé par le vent, bien qu'il n'y en eût toujours pas un souffle.

Bolorhiag marmonnait tout seul et, sans bouger, le petit véhicule paraissait se déplacer.

Corum porta les yeux vers le Manoir de la Forêt, qui semblait encadré d'une luminosité dansante.

Le jour les enveloppa soudain. Ils virent des silhouettes devant la maison, tout autour d'eux, mais ils restaient eux-mêmes invisibles. Des cavaliers... les soldats qui avaient déjà fouillé la demeure. Ils disparurent. Ce fut de nouveau la nuit, puis la lumière, et la maison n'était plus là et le petit vaisseau se balança, vira, rebondit.

« Que se passe-t-il ? » s'écria Corum.

« Ce que vous souhaitiez, j'imagine », répondit Bolorhiag. « Vous avez le plaisir d'effectuer un petit voyage sur les mers du temps. »

Partout s'étalaient maintenant des sortes de nuages gris sombre. La voile se tendait toujours au mât. La nef avançait, avec son inventeur en robe noire, qui murmurait au-dessus de son globe, guidant l'esquif de droite et de gauche.

Parfois, les nuages gris changeaient de couleur, devenaient verts ou bleus ou d'un brun profond, et Corum ressentait de curieuses pressions, avait du mal à respirer quelques instants, mais cela passait rapidement. Bolorhiag semblait ignorer totalement ces sensations et même Jhary n'y accordait pas une attention particulière. Une fois ou deux, le chat émit un petit cri et se cramponna à son maître, mais ce fut le seul indice que d'autres éprouvaient le même inconfort que Corum.

Puis la voile mollit et commença à s'estomper. Bolorhiag poussa des jurons en une langue brutale, riche de consonnes, et fit pivoter le globe si bien que l'esquif se mit à tourbillonner de façon étourdissante et que Corum en eut l'estomac bouleversé.

Puis le vieillard eut un grognement de satisfaction quand la voile réapparut et se remplit de nouveau.« Je pensais que nous avions définitivement perdu le vent », dit-il. « Il n'y a rien de plus exaspérant que d'être encalminé sur les mers du temps. Et presque rien d'aussi dangereux, si l'on passe à travers une substance solide ! » Il rit grassement, donnant du coude dans les côtes de Jhary. « Vous me paraissez mal à l'aise, Timeras, espèce de drôle !

— Combien de temps va durer ce voyage, Bolorhiag ? » demanda Jhary d'une voix étranglée.

« Combien de temps ? » Bolorhiag caressa le globe, y voyant quelque chose d'invisible pour les autres.

« Quelle question inepte ! Voyons, Timeras, vous ne devriez pas la poser !

— J'aurais mieux fait de ne pas entreprendre ce voyage, oui. Je vous soupçonne de sénilité, vieillard !

— Le poids des ans ne peut que se faire sentir après plusieurs milliers d'années. » Le vieillard lança un sourire malicieux à Jhary.

La vitesse de la nef paraissait augmenter.

« Pare à virer ! » hurla Bolorhiag, apparemment devenu dément, presque fou furieux. « Paré à larguer l'ancre, les gars ! Date en vue ! »

L'esquif vira, comme pris dans un fort courant. La voile s'affaissa et s'évanouit. La lumière grise prit davantage de luminosité.

Le véhicule était sur une étendue de roche noire dominant une vallée verte très profondément encaissée.

Bolorhiag se mit à glousser en observant leur expression. « Je n'ai que de rares plaisirs », déclara-t-il, « mais mon préféré consiste à terrifier mes passagers. Je considère cela comme une part de mon légitime salaire. Je ne crois pas être fou, messieurs, je suis purement et simplement désespéré. »

7

LE PAYS DES HAUTES PIERRES

Bolorhiag leur permit de descendre de son petit esquif. Corum contempla le paysage plutôt désolé. Partout où il portait le regard, il voyait au loin de hautes colonnes de pierre, certaines isolées, d'autres en groupe. Leur couleur variait mais il était évident qu'elles avaient été plantées par des êtres intelligents.

« Qu'est-ce ? » demanda-t-il.

Bolorhiag haussa les épaules. « Des pierres. Ce sont les habitants de ce pays qui les dressent ainsi.

— Dans quel but ?

— Le même but qui leur fait creuser des trous dans le sol — vous les verrez aussi — pour passer le temps. Ils n'y trouvent pas d'autre explication. Je crois comprendre que c'est leur forme d'art. Ni meilleur ni pire que la plupart des productions artistiques que l'on peut voir.

— Sans doute », fit Corum d'un ton incertain. « Et maintenant, maître Bolorhiag, peut-être consentirez-vous à nous dire pourquoi nous avons été amenés ici ?

— Cette époque correspond en gros à celle de vos propres Quinze Plans. La conjonction est imminente et vous serez mieux placés ici que n'importe où ailleurs. Il existe une bâtisse que l'on voit parfois ici et qui porte en certains coins le nom de la Tour Abolie. Elle va et vient à travers les Plans. Timeras connaît cette histoire, j'en suis sûr. »

Jhary fit un signe affirmatif. « Je la connais. Mais c'est dangereux, Bolorhiag. Nous pourrions entrer dans la Tour Abolie et n'en jamais ressortir. Vous le savez...

— Je suis bien renseigné sur la Tour, mais vous n'avez guère le choix. C'est votre unique moyen de regagner votre époque sur votre propre Plan, croyez-moi. Je ne vois pas d'autre méthode. Vous devez en courir les risques. »

Jhary haussa les épaules. « Comme vous dites, nous les accepterons.

— Tenez ! » Bolorhiag lui tendit une feuille de parchemin roulée. « C'est une carte qui montre comment vous y rendre d'ici. Une carte plutôt rudimentaire, je le crains, mais je n'ai jamais été très ferré en géographie.

— Nous vous sommes très reconnaissants, maître Bolorhiag », dit Corum, d'un ton courtois.

« Je ne vous demande pas de gratitude, mais je désire des renseignements. Je suis à quelque dix mille ans de mon temps et je me demande quelle est cette barrière qui me permet de le traverser dans un sens mais non dans l'autre. Si jamais vous trouviez la réponse et si vous, Timeras, repassiez jamais par cette époque et par ce Plan, j'aimerais en être informé.

— Je m'en ferai un devoir, Bolorhiag.

— Alors, adieu à vous deux ! »

Le vieillard se repencha sur son cristal directeur. Une fois de plus, la curieuse voile apparut et s'emplit du vent indécelable. Puis la petite nef et son occupant disparurent.

Corum contemplait pensivement les pierres énormes et mystérieuses.

Jhary avait déroulé la carte. « Il nous faut descendre au flanc de cette falaise jusqu'à la vallée. Venez, Prince Corum, ne nous attardons pas ! »

Ils découvrirent un endroit où la paroi rocheuse était moins abrupte et entamèrent la descente avec prudence.

Ils n'avaient pas fait beaucoup de chemin quand ils entendirent crier au-dessus d'eux. Ils levèrent la tête. C'était le petit homme rabougri, qui sautillait en s'aidant de sa canne. « Corum ! Timeras ! — ou quel que soit votre pseudonyme — Attendez !

— Qu'y a-t-il, maître Bolorhiag ?

— J'ai oublié de vous dire, Prince Corum, que si vous vous trouvez dans un danger ou une détresse extrêmes dans le jour à venir — et seulement en ce jour — vous devez aller en un point où vous verrez une tempête isolée. Vous m'entendez?

— Oui. Mais que... ?

— Je ne peux pas répéter, la marée du temps change de sens. Entrez dans la tempête et mettez au jour le couteau de sorcière que vous a offert Dame Jane. Tenez-le de façon qu'il capte l'éclair. Puis évoquez Elric de Melniboné et dites-lui qu'il doit venir pour faire les Trois Qui Sont Un... les Trois Qui Sont Un. N'oubliez pas ! Vous êtes une part d'une même entité. Cela suffira pour que le Troisième — le Héros aux Nombreux Noms — soit attiré par les Deux.

— Qui vous a raconté tout cela, maître Bolorhiag? » cria Jhary, cramponné à la roche et évitant de regarder en bas.

« Oh ! Une créature ! Peu importe d'ailleurs qui me l'a dit. Mais vous devez vous en souvenir, Prince Corum. La tempête, le couteau, l'incantation. Rappelez-vous ! »

Corum répondit, en partie pour faire plaisir au vieillard : « Je me rappellerai.

— Alors, encore adieu ! » Bolorhiag s'éloigna du bord de la falaise.

Ils reprirent la descente en silence, trop attentifs à découvrir de bonnes prises dans la roche pour discuter du mystérieux message de Bolorhiag.

Quand ils atteignirent enfin le fond de la vallée, ils étaient trop fatigués pour parler. Ils s'allongèrent, les yeux levés sur le vaste ciel.

Plus tard, Corum demanda : « Avez-vous compris les paroles du vieillard, Jhary? »

Jhary secoua la tête. « Les Trois Qui Sont Un. Cela paraît receler une menace. Je me demande si c'est en rapport avec ce que nous avons vu dans les Limbes.

— Pourquoi cela ?

— Je ne sais pas. Une pensée qui me passe par l'esprit parce qu'il est vide ! Mieux vaut n'y plus songer pour l'instant et nous occuper de trouver la Tour Abolie. Bolorhiag avait raison, sa carte est rudimentaire !

— Et qu'est-ce que la Tour Abolie ?

— Il fut un temps où elle existait dans notre Royaume, Corum, je crois... Sur l'un des cinq Plans, mais pas sur le vôtre. En bordure d'un lieu appelé le Marais de Balwyn, dans une vallée très semblable à celle-ci, du nom du Val Obscur. A cette époque, le Chaos luttait contre la Loi, et était en train de gagner. Il s'est heurté au Val Obscur et à sa forteresse... Un petit château plutôt qu'une tour. Le chevalier du donjon a demandé l'aide des Seigneurs de la Loi, qui la lui ont accordée, lui permettant de transporter sa tour dans une autre dimension. Mais le Chaos avait déjà acquis une grande puissance et a maudit la tour, décrétant qu'elle se déplacerait sans cesse, ne restant jamais plus de quelques heures sur un Plan particulier. Et elle continue toujours à bouger. Le premier chevalier — qui protégeait un fugitif du Chaos — ne tarda pas à devenir fou, tout comme le fugitif. Puis vint Voilodion Ghagnasdiak à la Tour Abolie et il y demeure.

— Qui est-il ?

— Une créature déplaisante. Pris au piège dans la tour à présent et n'osant pas en sortir, il s'en sert pour attirer à lui ceux qui ne se méfient pas. Il les garde près de lui jusqu'à ce qu'ils l'ennuient, alors il les tue.

— Et c'est lui que nous devrons combattre pour entrer dans la Tour Abolie ?

— Tout juste.

— Eh bien, nous sommes deux et bien armés.

— Voilodion Ghagnasdiak est très puissant... C'est un sorcier des plus habiles.

— Alors, nous ne pourrons le vaincre ! Ma Main et mon Œil ne me servent plus à rien. »

Jhary haussa les épaules. Il caressa le menton de son chat. « Oui... J'ai bien dit que c'était dangereux, mais, comme l'a souligné Bolorhiag, nous n'avons pas le choix, n'est-ce pas ? Après tout, nous sommes toujours à la recherche de Tanelorn. Je commence à sentir me revenir mon sens de l'orientation. Nous sommes plus près de Tanelorn que nous ne l'avons jamais été.

— Qu'en savez-vous ?

— Je sais. Je le sais, voilà tout. »

Corum soupira. « J'en ai assez des mystères, des sorcelleries, des tragédies. Je suis un simple...

— Ce n'est pas le moment de nous apitoyer sur notre sort, Prince Corum. Venez ! Voici la direction à suivre. »

Ils remontèrent sur trois kilomètres le cours d'une rivière impétueuse. Elle se précipitait dans une vallée encaissée et ils devaient progresser sur les pentes, en s'accrochant aux arbres pour éviter de tomber dans les rapides écumants.

Puis ils parvinrent à un endroit où le cours d'eau se divisait en deux et Jhary montra les eaux peu profondes, roulant sur des galets. « Un gué. Il faut gagner cette île. C'est là que la Tour Abolie apparaîtra à son moment.

— Aurons-nous longtemps à attendre ?

— Je ne sais pas. Cependant, il semble y avoir du gibier sur l'île, et la rivière est poissonneuse. Nous ne mourrons pas de faim.

— Je pense à Rhalina, Jhary... sans parler du sort de Bro-an-Vadhagh et de Lywm-an-Esh. Je me sens impatient.

— Notre seul moyen de regagner les Quinze Plans est d'entrer dans la Tour Abolie. Nous devons donc nous en remettre à son plaisir ! »

Corum haussa les épaules et s'engagea par le gué dans l'eau glaciale, en direction de l'île.

Jhary poussa soudain un cri et dépassa Corum en le bousculant. « Elle est là ! Elle est déjà là ! Vite, Corum ! »

Il courut vers un donjon de pierre qui se dressait parmi les arbres. Une tour très ordinaire d'apparence. Corum avait peine à croire que ce fût réellement leur but.

« Nous verrons bientôt Tanelorn ! » jubilait Jhary. Il parvint au bout de l'île, Corum le suivant au pas de course à quelque distance, et s'enfonça dans les broussailles.

Il y avait une porte ouverte à la base du donjon.

« Corum, venez ! »

Jhary était maintenant à l'entrée. Corum avançait avec une prudence accrue, se rappelant ce qu'il avait appris au sujet de Voilodion Ghagnasdiak, l'habitant de la tour. Mais Jhary, son chat sur l'épaule, avait déjà franchi le seuil.

Corum reprit sa course, la main à la poignée de l'épée. Il parvint à la tour.

La porte se referma d'un coup. Il entendit à l'intérieur le hurlement d'horreur de Jhary. Il se plaqua au battant, le frappant du poing.

De l'intérieur, Jhary lui cria : « Trouvez les Trois Qui Sont Un… quoi que cela signifie. C'est maintenant notre seul espoir, Corum ! Trouvez les Trois Qui Sont Un ! » Puis il y eut un gloussement de rire, qui ne venait pas de Jhary.

« Ouvrez ! » rugit Corum. « Ouvrez cette fichue porte ! »

Mais le battant ne bougea pas.

Le rire devenait gras et ample. De plus en plus fort, et

Corum ne percevait plus la voix de Jhary. La voix épaisse se mit à parler :

« Soyez le bienvenu dans la demeure de Voilodion Ghagnasdiak, l'ami. Vous êtes un invité de marque. »

Corum sentit qu'il arrivait quelque chose à la tour. Il jeta un coup d'œil en arrière. La forêt disparaissait. Il se cramponna à la poignée de la porte, les pieds sur le seuil durant un instant. Des spasmes douloureux lui parcouraient le corps, par saccades. Toutes ses dents le faisaient souffrir, il sentait tous ses os s'entrechoquer.

Puis il dut lâcher prise et vit la tour disparaître progressivement. Il tomba.

Sur un sol humide et spongieux. Il faisait nuit. Quelque part, un oiseau nocturne hululait.

8

DANS LA PETITE TEMPÊTE

A l'aube, Corum marchait encore. Il avait mal aux pieds, il était perdu, mais il continuait. Il ne voyait rien d'autre à faire et sentait qu'il devait agir. Les marais s'étendaient de toutes parts. Des oiseaux aquatiques volaient en troupes dans le ciel rouge du matin. Des animaux rampaient ou sautillaient à la surface du sol détrempé, à la recherche de nourriture.

Corum choisit un bouquet de roseaux et se le fixa pour but.

Quand il y fut parvenu, il s'arrêta un moment, puis choisit un autre bouquet comme nouveau point de repère.

Ainsi avançait-il.

Il était plongé dans la désolation. Il avait d'abord perdu Rhalina. Et maintenant Jhary, en même temps que tout espoir de rejoindre Rhalina et de découvrir Tanelorn. Du même coup, il avait perdu Bro-an-Vadhagh et Lywm-an-Esh, au profit du Chaos conquérant et de Glandyth-a-Krae.

Tout perdu !

« Tout perdu ! » murmura-t-il entre ses lèvres engourdies.

« Tout perdu. »

Les oiseaux du marais caquetaient et pépiaient. Les bêtes se faufilaient parmi les joncs, invisibles tant elles se hâtaient.

Ce monde n'était-il qu'un vaste marécage ? Il le semblait bien. Marais après marais.

Il parvint à une touffe de roseaux et s'assit sur le sol humide, contemplant l'ampleur du ciel, les nuages rouges, le soleil qui se levait. Il commençait à faire chaud.

Une vapeur s'élevait peu à peu sur le marais.

Corum ôta son casque. Ses jambières d'argent étaient couvertes de boue, ses mains sales... même celle de Kwll, avec ses six doigts, était gantée de vase.

La vapeur se déplaçait lentement à la surface du marais, comme en quête de quelque objet. Il se mouilla d'eau croupie le visage et les lèvres, pris de la tentation d'enlever sa robe écarlate et sa cotte de mailles, mais préférant quand même rester protégé en cas d'attaque de la part d'un habitant du marais plus dangereux que ceux qu'il avait jusqu'alors entr'aperçus.

De la vapeur partout. Par endroits, la boue émettait des bulles et des crachotements. L'air humide et brûlant lui piquait la gorge et les poumons, ses paupières s'appesantissaient tandis que sa grande lassitude l'écrasait.

Et il lui sembla voir une silhouette évoluer dans la vapeur. Une haute silhouette qui progressait lentement dans la vase bouillonnante. Un géant qui traînait quelque chose de lourd. Sa tête s'inclinait sur sa poitrine et il ne la relevait qu'avec peine. Puis il ne vit plus cette forme. Il se rendit compte qu'une émanation quelconque du marais l'endormait, lui causait des hallucinations.

Il se frotta les yeux, ne réussissant guère qu'à remplir de boue son œil normal.

Alors, il devina une présence derrière lui.

Il se retourna.

Quelque chose se dressait là, blanc et intangible comme la vapeur. Quelque chose s'abattit sur lui, immobilisant ses bras et ses jambes. Il voulut tirer son épée mais ne put se libérer. Il était soulevé et d'autres créatures se débattaient près de lui, claquant des mâchoires et criant. La chaleur diminua, puis il fit un froid terrible, au point que toutes les autres créatures se turent soudain.

Puis ce fut la nuit.

Et l'humidité. Il recracha de l'eau salée et poussa un juron. Il était de nouveau libre et sentait sous ses pieds un sable mou. Il marchait, de l'eau jusqu'à la taille, tenant toujours son casque d'argent. Il se laissa choir enfin, pantelant, sur une plage d'un jaune foncé.

Corum pensait savoir ce qui lui était arrivé, mais il avait peine à y croire.

Pour la troisième fois, il avait vu le mystérieux Dieu des Eaux et, pour la troisième fois, le pêcheur géant influait sur sa destinée... Une première fois en le précipitant sur la côte de Rhaga-da-Kheta, une deuxième en amenant Jhary-a-Conel au Mont Moidel, et la troisième en l'arrachant à ce monde marécageux — un monde qui paraissait bien appartenir à l'un des Quinze Plans — comme le devait également celui où il se trouvait maintenant.

Bien entendu, si c'était un nouveau monde et non une autre contrée du même.

De toute façon, c'était un progrès. Il allait se relever.

Et il vit la vieille femme qui se tenait debout. Une petite femme grassouillette au visage rouge qui exprimait à la fois la peur et l'affection. Elle était trempée et tordait son bonnet entre ses mains.

« Qui êtes-vous ? » lui demanda Corum.

« Qui êtes-vous vous-même, jeune homme ? Je marchais le long de la plage en m'occupant de mes affaires quand est soudain arrivée cette énorme vague qui m'a complètement inondée. Ce n'est pas vous qui avez fait cela, j'espère ?

— J'espère bien que non, madame.

— Seriez-vous donc un marin naufragé ?

— C'est bien la vérité », dit Corum. « Dites-moi, madame, quel est ce pays ?

— Vous êtes près de la ville de Chynezh Port, jeune monsieur. Là-haut ! » Elle montrait le sommet des falaises. « C'est le Marais de Balwyn, et là...

— Balwyn... Et derrière, c'est le Val Obscur, hein ? »

La vieille pinça les lèvres. « Oui. Le Val Obscur. Mais personne ne s'y rend, de nos jours.

— C'est cependant le site de la Tour Abolie ?

— On le dit.

— Est-il possible d'acheter un cheval à Chynezh Port ?

— Je l'imagine. Les élevages de Balwyn sont réputés et ils amènent à Chynezh leurs meilleures montures pour le commerce extérieur... Du moins était-ce vrai avant les combats.

— Y aurait-il une guerre ?

— En quelque sorte. Des choses sorties de la mer se sont attaquées à nos bateaux. Nous avons entendu dire que les gens avaient connu pire en d'autres lieux et que nous sommes relativement protégés des plus dangereux de ces monstres. Mais nous avons perdu la moitié de nos hommes, et maintenant personne n'ose aller à la pêche, et, bien sûr, il ne vient plus de navires dans notre port pour acheter des chevaux.

— Ainsi, le Chaos revient ici également », soupira Corum. « Il faut m'aider, madame », lui dit-il alors, « car il se peut que je vous le rende en assurant de nouveau la tranquillité de la mer. Pour le moment... le cheval. »

Elle le mena au long de la plage, contourna une falaise, et il vit le joli port de pêche, bien abrité et solide, où étaient rassemblés tous les bateaux, les voiles étroitement ferlées.

« Vous voyez ! » fit-elle. « Si les barques ne reprennent pas bientôt la mer, tout Chynezh Port mourra de faim, car le poisson, c'est notre vie.

— Oui », acquiesça Corum en posant sa main normale sur l'épaule de la vieille. « Allons, conduisez-moi quelque part où je puisse acheter un cheval ! »

C'était une écurie en bordure de la ville, près d'une route qui serpentait au flanc de la falaise en direction du marais. Un paysan consentit à lui vendre deux chevaux, l'un blanc, l'autre noir, avec tout l'équipement nécessaire. Corum s'était mis en tête qu'il aurait besoin de deux montures, mais il n'eût su expliquer pourquoi.

Monté sur le blanc et conduisant le noir par la bride, il entama la montée sinueuse, décidé à se rendre au Val Obscur, sous les regards intrigués de la vieille et du paysan. Parvenu au sommet, il constata que la route longeait la falaise avant de se perdre dans un vallon boisé. La journée était tiède et agréable et rendait difficile à croire que ce monde fût également menacé par le Chaos. Il ressemblait beaucoup à son propre pays de Bro-an-Vadhagh, et il avait même l'impression de connaître un peu une partie de la côte.

Une sorte d'impatience s'empara de lui quand il pénétra dans le bois et entendit les chants d'oiseaux dans les arbres. C'était très paisible en même temps qu'étrange. Il mit les chevaux au pas, n'avançant plus qu'avec hésitation.

Alors, il eut la vision.

Un nuage noir sur la route, à travers les arbres. Un nuage où le tonnerre se mit à gronder, les éclairs à briller.

Corum tira sur les rênes et mit pied à terre. Il tira du col de sa cotte le couteau de sorcière en cristal que lui avait donné Dame Jane. Il s'efforçait de se rappeler les instructions de Bolorhiag. *Allez en un point où vous verrez une tempête isolée. Mettez au jour le couteau de sorcière que vous a offert Dame Jane. Tenez-le de façon qu'il capte l'éclair. Puis évoquez Elric de Melniboné et dites-lui qu'il doit venir pour faire les Trois Qui Sont Un... Vous êtes une part d'une même entité... Le Troisième — le Héros aux Nombreux Noms — sera attiré par les Deux...*

« Eh bien », murmura-t-il, « je ne vois pas d'autre solution. A la vérité, il me faut des alliés pour marcher contre Voilodion Ghagnasdiak dans sa Tour Abolie. Et si ces alliés sont puissants, tant mieux ! »

Brandissant le couteau de cristal, il s'enfonça dans le nuage grondant.

L'éclair frappa le couteau et l'emplit d'une énergie vibrante. Tout, autour de lui, n'était que turbulence et bruit. Il ouvrit la bouche et cria :

« Elric de Melniboné ! Vous devez venir pour faire les Trois Qui Sont Un ! Elric de Melniboné ! Vous devez venir pour faire les Trois Qui Sont Un ! Elric de Melniboné ! »

Alors s'abattit un éclair fantastique qui pulvérisa le couteau de sorcière, jetant Corum à terre. Des voix parurent lancer leur plainte au monde entier, des vents soufflèrent dans toutes les directions. Il se releva, chancelant, se demandant soudain s'il n'avait pas été trahi. Il ne voyait que les éclairs, il n'entendait que le tonnerre.

Il retomba et se cogna la tête au sol. Il voulut se remettre sur pied.

Et une douce clarté emplit de nouveau la forêt et les oiseaux chantèrent.

« La tempête. Elle s'est dissipée. » Il regarda autour de lui et vit l'homme qui gisait dans l'herbe. Il le reconnut. C'était celui qu'il avait vu chevaucher un dragon et combattre dans les Limbes. « Vous ! Vous appelez-vous Elric de Melniboné ? »

L'albinos se dressa. Ses yeux cramoisis trahissaient un chagrin éternel. Il répondit avec assez de courtoisie.

« Je suis Elric de Melniboné. Est-ce vous que je dois remercier de m'avoir délivré de ces créatures appelées par Theleb K'aarna ? »

Corum secoua la tête. Elric était vêtu d'une chemise salie par le voyage et d'une culotte de soie noire. Il avait des bottes noires et une ceinture noire à laquelle pendait un fourreau noir dans lequel l'albinos rengaina une énorme colichemarde noire gravée de runes étranges de la poignée à la pointe. Toute cette noirceur était recouverte d'une cape volumineuse en soie blanche avec un grand capuchon. Les cheveux d'Elric, d'un blanc laiteux, se confondaient avec le tissu.

« C'est moi qui vous ai appelé », avoua Corum, « mais je ne connais pas de Theleb K'aarna. On m'a dit que je n'avais qu'une seule chance d'obtenir votre assistance et qu'il me fallait la saisir en ce point particulier, à ce moment particulier. Je suis Corum Jhaelen Irsei — le Prince à la Robe Écarlate — et je suis lancé dans une quête de la plus haute importance. »

Elric regardait autour de lui, le front plissé. « Où est située cette forêt ?

— Elle n'est nulle part sur votre Plan ni dans votre temps, Prince Elric. Je vous ai évoqué pour avoir votre appui dans ma lutte contre les Seigneurs du Chaos. J'ai déjà contribué à la destruction de deux Seigneurs de l'Épée — Arioch et Xiombarg — mais reste le troisième, le plus fort...

— Arioch du Chaos... et Xiombarg ? » L'albinos ne paraissait pas convaincu. « Vous avez détruit deux des membres les plus puissants de la Compagnie du Chaos ? Pourtant, il n'y a pas un mois, je m'entretenais avec Arioch. Il est mon patron... »

Corum comprit qu'Elric n'avait pas la même connaissance que lui de la structure du Multivers. « Il y a de nombreux Plans d'existence », dit-il aussi calmement qu'il le put. « Sur certains, les Seigneurs du Chaos sont forts. Faibles sur d'autres. Sur certains autres, m'a-t-on dit, ils n'existent pas du tout. Il vous faut accepter l'idée qu'Arioch et Xiombarg ont été bannis d'ici de telle sorte qu'ils n'existent vraiment plus dans mon monde. C'est maintenant le troisième des Maîtres de l'Épée qui nous menace... et le plus fort. Le Roi Mabelode. »

L'albinos fronçait les sourcils et Corum craignait que cet être volontaire ne décidât finalement de ne pas le secourir. « Dans mon... Plan... Mabelode n'est pas plus puissant qu'Arioch et Xiombarg. Cela rend ridicule tout ce que j'avais cru comprendre... »

Corum inspira profondément. « Je vais vous expliquer de mon mieux », dit-il. « Pour une raison que j'ignore, le sort m'a choisi comme champion pour abolir la domination du Chaos sur les Quinze Plans de la Terre. En ce moment, je fais route vers une cité appelée Tanelorn, où j'espère recruter de l'aide. Mais mon guide est prisonnier dans un château non loin et, avant de poursuivre ma course, je dois le faire évader. On m'a dit comment évoquer quelqu'un qui puisse m'assister dans cette entreprise... et c'est grâce à cet enchantement que je vous ai attiré près de moi. Je... » Corum hésita une fraction de seconde car il savait bien que ce qu'il allait dire ne lui avait pas été inspiré par Bolorhiag, et pourtant il était persuadé que c'était la vérité. « ... Je devais vous annoncer qu'en m'aidant vous vous aideriez vous-même... Que si je réussissais, alors vous recevriez quelque chose qui vous faciliterait la tâche...

— Qui vous a révélé cela ?

— Un sage. »

Corum observait l'albinos, qui alla s'asseoir sur un tronc d'arbre et se prit la tête entre les mains.

« J'ai été attiré à un moment très inopportun », dit Elric. « Je souhaite que vous m'ayez parlé franchement, Prince Corum. » Il leva soudain les yeux pour fixer Corum de son étrange regard cramoisi. « C'est un miracle que vous soyez en mesure de me parler... ou du moins que je vous entende. Comment cela se fait-il ?

— J'ai été... informé... que nous n'aurions pas de peine à communiquer... parce que "nous sommes parties d'une même entité". Ne m'en demandez pas plus, Prince Elric, car je ne sais rien d'autre.

— Eh bien, c'est peut-être une illusion. Je puis m'être tué ou avoir été digéré par la machine de Theleb K'aarna, mais il est évident que je n'ai pas le choix. Je dois accepter de vous donner mon aide dans l'idée que je serai à mon tour secouru. » L'albinos examinait Corum, d'un air dur.

Ce dernier alla chercher les chevaux au point de la route où il les avait laissés. Quand il revint, l'albinos, debout, étudiait les alentours. Corum savait qu'il allait soudain être plongé dans un monde nouveau, aussi comprenait-il les sentiments du Melnibonéen. Il tendit les rênes du cheval noir à Elric, qui se mit en selle et se dressa sur les étriers un instant pour s'accoutumer au harnachement, car il n'était visiblement pas habitué aux selles et aux étriers de ce genre.

Ils se mirent en route.

« Vous parliez de Tanelorn », reprit Elric. « Est-ce à cause de Tanelorn que je me trouve dans votre monde de rêve ? »

Corum fut étonné de la question détachée d'Elric. « Vous savez donc où est située Tanelorn ?

— Dans mon propre monde, oui... mais pourquoi serait-elle dans celui-ci ?

— Tanelorn est dans tous les Plans, bien que sous des aspects différents. Il n'y a qu'une Tanelorn, qui est éternelle sous de nombreuses formes. »

Tout en devisant, les deux hommes poursuivaient leur chemin dans la forêt. Corum avait du mal à croire qu'Elric fût réel... tout comme ce dernier semblait difficilement admettre que ce monde fût réel. L'albinos se frotta le visage à plusieurs reprises en scrutant Corum.

« Où va-t-on maintenant ? » demanda finalement Elric. « Au château ? »

Corum répondit, après une hésitation, se rappelant les paroles de Bolorhiag. « Nous devons tout d'abord avoir avec nous le troisième champion... le Héros aux Nombreux Noms.

— Et c'est par sorcellerie que vous allez aussi l'invoquer ? »

Corum secoua la tête. « On ne me l'a pas dit. On m'a seulement dit qu'il nous rencontrerait... attiré de n'importe quelle époque où il existe, par la nécessité de compléter les Trois Qui Font Un.

— Qu'est-ce que tout cela signifie ? Qu'est-ce que les Trois Qui Font Un ?

— Je n'en sais guère plus que vous, ami Elric, sinon que nous serons tous les trois nécessaires pour vaincre celui qui détient mon guide prisonnier. »

Ils arrivaient au Marais de Balwyn, laissant derrière eux la forêt. D'un côté, c'étaient les falaises et la mer, et le monde était silencieux et calme si bien que toute menace du Chaos paraissait lointaine.

« Votre gantelet est de fabrication curieuse », dit Elric.

Corum laissa fuser un rire. « C'est bien ce que pensait un médecin que j'ai rencontré récemment. Il croyait que c'était une main faite par des humains. Mais on prétend qu'elle a appartenu à un dieu... un des Dieux Perdus qui ont mystérieusement quitté le monde il y a des milliers d'années. En un temps, elle avait des vertus spéciales tout comme cet œil, qui pouvait voir dans un monde inférieur... Un endroit terrifiant d'où je pouvais parfois tirer de l'aide.

— Tout ce que vous me racontez rend par comparaison bien élémentaires les sorcelleries et cosmologies pourtant complexes de mon propre monde.

— Cela ne paraît compliqué qu'en raison de son étrangeté », répondit Corum. « Votre monde me semblerait sans nul doute incompréhensible si je m'y trouvais soudain projeté. » Corum rit de nouveau. « De plus, ce Plan-ci n'est pas non plus mon monde, bien qu'il lui ressemble beaucoup plus que certains autres. Nous avons au moins une chose en commun, Elric, c'est d'être tous les deux condamnés à jouer un rôle dans la lutte constante entre les Seigneurs des Mondes Supérieurs... et nous ne comprendrons jamais pourquoi ces luttes se déroulent, pourquoi elles sont éternelles. Nous combattons, nous souffrons affreusement dans nos esprits et dans nos âmes, mais nous ne sommes jamais certains que nos souffrances vaillent la peine. »

Elric était évidemment d'accord. « Vous avez raison. Nous avons beaucoup en commun, vous et moi, Corum. »

Celui-ci leva les yeux sur la route et vit un cavalier immobile sur sa selle. Il avait l'air de les attendre.

« Peut-être que cet homme est le Troisième dont a parlé Bolorhiag », observa Corum tandis qu'ils ralentissaient l'allure pour approcher prudemment le cavalier.

Il était d'un noir de jais avec une tête grosse et lourde, mais belle, couverte par un masque d'ours grondant, dont la peau lui retombait sur le dos. Le masque pouvait servir de visière, pensa Corum, mais était pour l'instant relevé au-dessus de l'armure faciale, noire également. Comme Elric, il portait une grande épée à garde noire dans un fourreau noir. Le cheval du guerrier n'était pas noir... C'était un grand et vigoureux rouan, un destrier. Un grand bouclier rond pendait à sa selle.

L'homme ne paraissait pas content de les voir. Au contraire, il était horrifié.

« Je vous connais ! Tous les deux ! » haleta-t-il.

Corum, sans l'avoir jamais vu, avait aussi l'impression de le reconnaître.

« Comment êtes-vous venu au Marais de Balwyn, ami ? » demanda-t-il.

Le guerrier noir s'humecta les lèvres, le regard presque vitreux. « Balwyn ? C'est le Marais de Balwyn ? Je ne suis ici que depuis quelques instants. Avant cela, j'étais… j'étais… Ah ! le souvenir s'efface de nouveau. » Il porta une grande main noire à son front. « Un nom… et un autre nom ! Rien de plus ! Elric ! Corum ! Mais je… Je suis maintenant…

— Comment pouvez-vous savoir nos noms ? » fit Elric, effaré.

L'homme répondit dans un murmure : « Parce que — vous ne voyez pas — je suis Elric… Je suis Corum… Oh ! c'est la pire des souffrances… Ou, du moins, j'ai été ou je serai Elric et Corum… »

Corum le prenait en pitié. Il se rappelait ce que lui avait dit Jhary de l'Éternel Champion. « Votre nom, messire ?

— J'en ai mille. J'ai été un millier de héros. Et je suis… je suis… John Daker, Erekosë, Urlik, et bien d'autres… Les souvenirs, les rêves, les existences. » Il les regardait fixement de ses yeux profondément tristes. « Ne comprenez-vous pas ? Suis-je seul condamné à comprendre ? C'est moi que l'on appelle l'Éternel Champion — je suis le héros qui existe à jamais. Oui, je suis Elric de Melniboné — Prince Corum Jhaelen Irsei, et je suis vous également. Nous sommes tous les trois une seule et même créature et bien d'autres en outre. Nous trois formons une entité… condamnée à combattre toujours sans jamais comprendre pourquoi. Oh ! comme ma tête sonne ! Qui me torture ainsi ? Qui ? »

Elric prit la parole : « Vous dites que vous êtes une autre incarnation de moi-même ?

— Si vous tenez à cette formule ! Vous êtes tous les deux d'autres incarnations de *moi-même* !

— Voilà donc ce qu'entendait Bolorhiag en parlant des Trois Qui Sont Un ! Nous sommes tous des aspects du même homme et pourtant notre force est triplée parce que nous avons été arrachés à des ères différentes. C'est la seule puissance qui puisse s'attaquer avec succès à Voilodion Ghagnasdiak de la Tour Abolie. »

Elric demanda d'un ton calme : « Est-ce dans ce château que votre guide est prisonnier ?

— Oui. » Corum raffermit sa prise sur les rênes. « La Tour Abolie oscille d'un Plan à l'autre, d'une époque à l'autre et n'existe en un même lieu que durant quelques moments chaque fois. Mais, comme nous sommes trois incarnations distinctes d'un héros unique, il est possible que nous formions ainsi quelque sortilège qui nous permette de suivre la tour et de l'attaquer. Ensuite, quand nous aurons délivré mon ami, nous continuerons sur Tanelorn... »

Le guerrier noir releva la tête, l'espoir en lui commençant à se substituer au désespoir. « Tanelorn ? Moi aussi, je la cherche. Là seulement trouverai-je peut-être un remède à mon sort détestable — qui est de connaître toutes mes incarnations antérieures et de me voir précipité, au hasard, d'une existence dans une autre ! Tanelorn... il faut que je la découvre !

— Moi aussi », dit l'albinos, qui paraissait à demi amusé, comme s'il avait commencé à prendre plaisir à l'étrange aventure. « Car, sur mon propre Plan, ses habitants courent un grand danger.

— Nous avons donc un but commun aussi bien qu'une commune identité », dit Corum. Il entrevoyait à présent une chance de sauver Jhary et de revoir Rhalina. « Combattons donc ensemble, je vous prie. D'abord, nous libérons mon guide, et ensuite nous allons à Tanelorn. »

Le géant noir grommela : « Je vous aiderai volontiers. »

Corum inclina la tête en remerciant. « Et comment devons-nous vous appeler... vous qui êtes nous-mêmes ?

— Appelez-moi Erekosë — bien qu'un autre nom se présente à mon esprit — car c'est en tant qu'Erekosë que j'ai le plus approché de l'oubli et de la plénitude de l'amour.

— Alors, vous êtes enviable, Erekosë », observa Elric. « Du moins avez-vous été près de l'oubli... »

Le géant noir secoua ses rênes et vint botte à botte avec Corum. Il lança un regard en coin à Elric et sa bouche se tordit. « Vous n'avez pas la moindre idée de ce que je dois oublier. » Il se retourna vers le Prince à la Robe Écarlate. « Et maintenant, Corum... de quel côté se trouve la Tour Abolie ?

— Cette route y mène. Nous chevauchons jusqu'au Val Obscur, je pense. »

Accompagné de part et d'autre par un homme qui était un reflet de lui-même, lourd d'un sentiment de dépression alors qu'il aurait dû espérer, Corum conduisait sa monture vers le Val Obscur.

TROISIÈME PARTIE

Où le Prince Corum découvre bien autre chose que Tanelorn

1

VOILODION GHAGNASDIAK

La route devenait plus étroite et beaucoup plus abrupte. Corum la vit disparaître dans les ombres noires entre deux hautes falaises et sut qu'il était arrivé au Val Obscur.

Il se sentait encore mal à l'aise avec ces deux hommes qui étaient lui, et il s'efforçait de ne pas penser à toutes les possibilités que cela impliquait. Il montra le bas de la pente et adopta le ton le plus dégagé qu'il put.

« Le Val Obscur. » Il regarda le visage de l'albinos d'un côté, la figure si noire de l'autre. Les deux étaient moroses et tendus. « On m'a dit qu'il y avait autrefois un village ici. Un endroit peu séduisant, n'est-ce pas... frères...

— J'ai vu pire. » Erekosë frappa sèchement des jambes les flancs de son destrier. « Venez, qu'on en finisse... » Il éperonna le rouan et partit dans un galop furieux vers la coupure entre les falaises.

Corum le suivit plus lentement. Elric traînait. En pénétrant dans l'ombre, Corum leva les yeux. Les falaises se rapprochaient tellement à leur sommet qu'elles ne laissaient voir qu'un mince trait de clarté. A leur pied, quelques ruines... Ce qui restait de la Ville du Val Obscur après l'attaque du Chaos. Les décombres étaient tordus et déformés comme si les pierres s'étaient liquéfiées pour se resolidifier ensuite. Corum cherchait l'endroit où il trouverait le plus vraisemblablement la Tour Abolie et il parvint enfin devant une fosse qui lui parut creusée de fraîche date. Il l'inspecta avec soin. Elle avait à peu près les dimensions de la tour. « C'est ici qu'il nous faut attendre », déclara-t-il.

Elric le rejoignit. « Et que devons-nous attendre, ami Corum ?

— La tour. Je devine que c'est ici qu'elle apparaît quand elle est dans ce Plan.

— Et quand apparaît-elle ?

— Pas d'instant précis. Il faut attendre. Puis, dès que nous la verrons, nous nous précipiterons pour tenter d'y pénétrer avant qu'elle disparaisse de nouveau pour gagner le Plan suivant. »

Corum chercha des yeux Erekosë. Le géant noir était assis sur le sol, adossé à une plaque de pierre fondue. Elric s'approcha de lui.

« Vous avez l'air plus patient que moi, Erekosë.

— J'ai appris la patience, car je vis depuis le début des temps et je vivrai jusqu'au bout des temps. »

Elric desserra la sangle de son cheval en criant à Corum : « Qui vous a dit que la tour se manifesterait ici ?

— Un sorcier qui sert certainement la Loi, comme moi, car je ne suis qu'un mortel destiné à combattre le Chaos.

— Comme moi », dit Erekosë.

« Comme moi », dit l'albinos, « bien que j'aie juré de le servir. » Il haussa les épaules et jeta un étrange regard sur les deux autres. Corum devina ce qu'il pensait. « Et pourquoi cherchez-vous Tanelorn, Erekosë ? »

Celui-ci leva les yeux vers le haut des falaises, où elles se rejoignaient presque. « On m'a dit que je pourrais trouver là la paix... et la sagesse... Un moyen de regagner le monde des Anciens où vit la femme que j'aime, car il est dit que, Tanelorn existant dans tous les Plans à toutes les époques, il est plus facile pour qui y demeure de passer entre les Plans et de découvrir la personne qu'il recherche particulièrement. Et en quoi Tanelorn vous intéresse-t-elle, Seigneur Elric?

— Je connais Tanelorn et je sais que vous avez raison de la chercher. Ma mission semble être de défendre cette ville sur mon propre Plan... Mais en ce moment même, mes amis risquent d'être détruits par ce qui a été déchaîné contre eux. Je prie pour que Corum ait raison et que j'obtienne au sein de la Tour Abolie les moyens de vaincre les bêtes de Theleb K'aarna et leur maître... »

Corum porta sa main endiamantée à son œil de gemmes. « Je cherche Tanelorn parce que j'ai entendu dire que cette ville peut m'appuyer dans ma lutte contre le Chaos. » Il ne dit rien de plus des instructions que lui avait données Arkyn dans le temple, il y avait si longtemps.

« Mais Tanelorn ne se bat ni contre la Loi ni contre le Chaos. C'est pourquoi elle est éternelle. »

Jhary avait affirmé la même chose à Corum. « Oui », dit-il, « tout comme Erekosë, ce ne sont pas des épées que je veux, mais de la sagesse. »

Quand la nuit fut venue, ils montèrent la garde à tour de rôle, conversant à l'occasion, mais le plus souvent assis ou debout, à contempler l'endroit où il y avait des chances de voir la tour se montrer.

Corum jugeait ses compagnons peu attrayants après Jhary, et il ne les aimait guère, peut-être parce qu'ils lui ressemblaient trop.

Mais à l'aube, alors qu'Erekosë dodelinait de la tête et

qu'Elric dormait profondément, l'air frissonna et Corum aperçut les contours familiers de la tour de Voilodion Ghagnasdiak qui prenaient de la consistance.

« La voici ! » s'écria-t-il. Erekosë se dressa d'un bond, mais Elric commençait seulement à s'éveiller. « Hâtez-vous, Elric ! »

Celui-ci les rejoignit. Il tenait en main — comme Erekosë — son épée noire. Les épées étaient presque sœurs... toutes les deux noires, d'aspect terrifiant, gravées de runes.

Corum était en avant, bien décidé à ne pas se laisser refermer la porte au nez, cette fois. Il franchit en courant le seuil sombre et fut aveuglé, appelant ses amis à la rescousse. « Vite ! Vite ! »

Il entra dans une petite antichambre, éclairée par une lumière rougeâtre que répandait une grande lampe à huile suspendue au plafond par des chaînes. Et, soudain, la porte se referma sur eux et Corum comprit qu'ils étaient pris, tout en espérant qu'à eux trois ils seraient assez forts pour résister au sorcier.

Il perçut du coin de l'œil un petit mouvement par la meurtrière du mur. Le Val Obscur avait disparu et il ne restait à sa place qu'une mer bleue. La tour était déjà en déplacement. Il l'indiqua du geste à ses compagnons.

Puis il leva la tête et hurla :

« Jhary ! Jhary-a-Conel ! »

Le dandy était-il mort ? Il pria que non.

Il tendit l'oreille et perçut un bruit très faible qui pouvait être une réponse.

« Jhary ! »

Corum agita sa longue et forte épée.

« Voilodion Ghagnasdiak ? Serai-je déçu ? Auriez-vous quitté ce lieu ?

— Je ne l'ai pas quitté. Que me voulez-vous ? »

Corum se tourna vers la pièce voisine, sur laquelle s'ouvrait une arche ogivale. Il prit résolument la tête du groupe.

Une clarté semblable à la lumière dorée des Limbes clignotait, encadrant la forme tassée de Voilodion Ghagnasdiak... un nain, surchargé de soieries, d'hermine et de satin, tenant dans sa main grossière une épée en miniature, avec une belle tête sur ses petites épaules, des yeux brillants sous d'épais sourcils se rejoignant en leur milieu, la bouche ébauchant un sourire d'accueil semblable au rictus d'un loup. « Enfin quelqu'un de nouveau pour me soulager de mon ennui ! Mais, je vous en prie, messieurs, posez vos épées, car vous êtes mes invités.

— Je sais quel sort attend vos invités », dit Corum. « Apprenez ceci, Voilodion Ghagnasdiak, nous venons délivrer Jhary-a-Conel que vous détenez prisonnier. Remettez-le entre nos mains, et il ne vous sera fait aucun mal ! »

Les traits agréables du nain esquissèrent une grimace espiègle. « Mais j'ai une puissance telle que vous ne pourrez me vaincre. » Il ouvrit les bras. « Regardez ! »

En agitant son épée il fit surgir des éclairs çà et là dans la pièce, forçant Elric à lever à demi son épée comme s'il avait été attaqué. Visiblement, il se sentit ridicule, car il s'avança vers le nain. « Apprenez donc, Voilodion Ghagnasdiak, que je suis Elric de Melniboné et que j'ai aussi de grands pouvoirs. Je porte l'Épée Noire impatiente de boire votre âme, à moins que vous ne relâchiez l'ami du Prince Corum ! »

L'allégresse du nain ne tomba pas. « Des épées ? Et quel pouvoir ont-elles donc ? »

Erekosë gronda : « Ce ne sont pas des lames ordinaires. Et ce sont des forces que vous ne sauriez comprendre qui nous ont amenés ici... arrachés à nos propres époques par la volonté même des dieux... justement pour exiger que nous soit rendu ce Jhary-a-Conel.

— Vous vous trompez », répondit le sorcier, s'adressant à eux trois. « Ou alors vous voulez me tromper. J'admets que ce Jhary soit un garçon spirituel, mais de quel intérêt serait-il pour les dieux ? »

L'albinos brandit son épée noire d'un geste impulsif et Corum entendit comme un gémissement d'avidité sanguinaire qui en émanait. Il songea qu'il devait être malsain de se munir d'une telle arme.

Et Elric fut précipité en arrière, son glaive lui échappant des mains. Voilodion Ghagnasdiak s'était contenté de lui envoyer une boule rouge sur le front... mais elle avait de la force.

Corum laissa Erekosë bondir à l'aide d'Elric mais, dès que ce dernier fut de nouveau sur pied, Voilodion lui expédia une seconde boule qui, cette fois, fut détournée par l'épée noire et alla rebondir contre le mur, puis explosa. La chaleur leur écorcha le visage et le souffle de la déflagration leur coupa la respiration. Corum entrevit une noirceur qui se tortillait dans le feu allumé par l'explosion.

Volodion Ghagnasdiak dit d'un ton assez calme : « Il est dangereux de détruire les globes. Maintenant, ce qui était à l'intérieur va vous anéantir. »

La noirceur grandissait et la flamme disparut.

« Je suis libre. »

La voix venait de cette ombre mouvante.

Voilodion Ghagnasdiak glousse. « Oui. Libre de tuer ces sots qui refusent mon hospitalité !

— Libre d'être massacré ! » s'emporta Elric.

Corum restait pétrifié à la vue de cette chose qui grandissait comme une chevelure flottante, pour se comprimer ensuite et devenir une vision à tête de tigre et corps de gorille, avec une peau épaisse comme celle d'un rhinocéros. Des ailes noires lui poussèrent sur le dos, battant rapidement, tandis que le monstre modifiait sa prise sur son arme... un objet long, ressemblant à une faux, qui tailla brusquement dans la direction de l'homme le plus proche, l'albinos.

Corum voulut aider Elric, songeant que celui-ci comptait peut-être sur lui pour faire appel aux pouvoirs de la Main et de l'Œil. Il cria : « Mon Œil ne voit plus dans le monde inférieur. Je ne peux réclamer de secours ! »

Puis il vit qu'une des boules venait sur lui tandis qu'une autre se dirigeait vers Erekosë. Ils réussirent tous les deux à en dévier le cours, si bien qu'elles retombèrent au sol et éclatèrent. De nouveaux monstres ailés surgirent, et bientôt Corum n'eut plus le temps de songer aux autres, car il luttait pour sa propre vie, esquivant la faux sifflante qui cherchait à le décapiter.

A plusieurs reprises, Corum réussit à pénétrer sous la garde du monstre, mais alors la peau cuirassée faisait glisser sa lame. Et la bête se déplaçait rapidement... beaucoup plus qu'on ne l'eût cru. Par instants, elle sautait en l'air, se soutenant sur ses ailes avant de replonger sur le Prince.

Il lui vint à l'idée que c'était le Chaos qui l'avait astucieusement conduit là, car les deux autres étaient comme lui impuissants à combattre les monstres.

Il se maudit de sa trop grande confiance et regretta de n'avoir pas mieux dressé ses plans avant de se précipiter à l'intérieur de la Tour Abolie.

Par-dessus les chocs de la bataille lui parvenaient les cris aigus de Voilodion Ghagnasdiak, qui lançait toujours des boules dans la salle, où elles éclataient, donnant naissance à d'autres créatures à tête de tigre qui se jetaient dans la mêlée. Les trois hommes se trouvaient acculés à la muraille.

« Je crains de vous avoir appelés tous les deux à votre mort », dit Corum, haletant, le bras fatigué à force de manier l'épée. « Je n'avais pas été averti que nous serions si affaiblis ici. La tour doit se déplacer si vite que même les lois ordinaires de la sorcellerie ne sont plus valables entre ses murs. »

Elric se défendait contre deux faux à la fois. « Elles s'appliquent pourtant bien pour le nain ! Si je parvenais à tuer même un seul... »

Une des faux le fit saigner, une autre fendit sa cape. Un troisième coup lui ouvrit le bras.

Corum tenta de le couvrir, mais une lame fendit sa cotte de mailles et une autre lui enleva un bout d'oreille. Il vit Elric piquer droit dans la gorge d'un monstre sans apparemment l'incommoder le moins du monde. Il entendit l'Épée Noire qui hurlait comme de fureur d'être ainsi privée de sa proie.

Puis Elric arracha une faux des mains d'une des créatures et la retourna contre elle. L'albinos toucha le monstre à la poitrine, d'où le sang jaillit, et la chose se mit à hurler, comme blessée à mort.

« J'avais raison ! » s'écria le Prince de Melniboné. « Seules leurs propres armes peuvent les entamer ! » Son glaive gravé de runes d'une main, la faux de l'autre, il chargea contre une autre des bêtes volantes, puis s'avança vers Voilodion Ghagnasdiak, qui se sauva par une petite porte en poussant des cris aigus.

Les créatures-tigres s'étaient rassemblées contre le plafond. Puis elles redescendirent.

Corum s'efforçait de son mieux d'arracher sa faux à un des monstres qui l'attaquaient. Il en eut l'occasion quand Elric prit l'un d'eux à revers et lui trancha la tête. Corum ramassa la faux et porta un coup à une troisième chose-tigre, qui s'écroula, la gorge ouverte. Corum, d'un coup de pied, envoya la faux abandonnée vers Erekosë.

L'air était lourd d'une puanteur écœurante, et des plumes noires collaient au sang sur le visage et la main de Corum. Il entraîna les hommes vers la pièce par laquelle ils étaient entrés, qui permettait une meilleure défense, le nombre des créatures qui pouvaient s'engager dans la petite antichambre étant limité.

Corum éprouvait une terrible fatigue et savait que la bataille était d'ores et déjà perdue car, de son antre, Voilodion Ghagnasdiak continuait à envoyer des globes dans la pièce. Puis il aperçut un mouvement derrière le nain mais, avant d'avoir saisi ce qui se passait, il eut la vue bloquée par une créature-tigre et dut pencher le corps de côté pour éviter la faux menaçante.

Corum entendit une voix et, quand il releva les yeux, Voilodion se débattait contre quelque chose qui s'accrochait à son visage. Jhary-a-Conel était là, adressant des signes à Elric, stupéfait, qui venait tout juste de le remarquer.

« Jhary ! » lança Corum.

« Celui que vous vouliez sauver ? » demanda Elric en ouvrant le ventre d'un monstre.

« Oui. »

Elric, tout proche de Jhary, se préparait à le rejoindre. Jhary cria : « Non ! Non ! Restez là ! »

Avertissement inutile, Elric s'affairant de nouveau contre deux monstres, un de chaque côté.

Jhary cria d'un ton désespéré : « Vous avez mal compris les paroles de Bolorhiag ! »

Maintenant, Elric voyait distinctement Jhary, et Erekosë également. Le géant noir s'était jusqu'alors trop absorbé dans la bataille, paraissant y prendre davantage de plaisir que les autres.

« Tenez-vous par le bras, avec Corum au centre ! » cria Jhary. « Et vous deux, armez-vous de vos épées ! »

Corum devina que Jhary en savait plus long qu'il ne l'avait dit antérieurement. Et maintenant Elric était blessé à la jambe.

« Vite ! » Jhary dominait le nain, qui cherchait toujours à arracher cette chose de son visage. « C'est votre seule chance... et pour moi aussi ! »

Elric hésitait.

« Il est instruit, mon ami », dit Corum à l'albinos. « Il sait bien des choses que nous ignorons. Venez ! Je vais me placer entre vous ! »

Erekosë parut s'éveiller d'une transe. Il regarda Corum par-dessus la lame ensanglantée de sa faux, secoua sa grande tête noire, puis passa le bras droit sous celui de Corum, l'épée dans la main gauche. Elric glissa le bras gauche sous le droit de Corum et s'arma de son étrange épée.

Alors, Corum sentit la force se répandre dans sa chair épuisée ; il faillit rire de joie en sentant ce bien-être le pénétrer. Elric riait et Erekosë lui-même souriait. Ils s'étaient unis. Ils étaient devenus les Trois Qui Sont Un et ils se mouvaient comme un seul être, riaient de même, combattaient de même.

Bien que Corum ne pût lui-même se battre, il avait l'impression de tenir une épée dans chaque main et de porter lui-même les coups.

Les créatures-tigres refluaient devant les épées à runes, qui hurlaient. Elles s'efforçaient d'échapper à ce triple ennemi. Elles battaient follement des ailes.

Corum éclata d'un rire triomphant. « Achevons-les ! » Et il sut que les autres poussaient le même cri. Leurs épées n'étaient plus inefficaces, mais au contraire invincibles. Le sang coulait à flot des bêtes, qui tentaient de s'enfuir, mais aucune ne fut épargnée.

Comme affaiblie par les forces déchaînées en son intérieur, la Tour Abolie se mit à frémir. Le sol s'inclina. La voix de Voilodion Ghagnasdiak s'enfla : « La tour ! La tour ! Vous démolissez la tour ! »

Corum avait du mal à rester debout sur le sol glissant de sang.

Puis Jhary entra, l'expression vaguement dégoûtée devant l'effrayant massacre. « C'est vrai. La sorcellerie à laquelle nous avons recouru doit produire ses effets. Moustache... à moi ! »

Alors seulement, Corum se rendit compte que la chose qui se cramponnait à la face de Voilodion n'était autre que le petit chat blanc et noir. Une fois encore, l'animal les avait sauvés. Il voleta sur l'épaule de Jhary et s'y assit, promenant autour de lui le regard de ses yeux verts écarquillés.

Elric se sépara des deux autres et fonça dans la pièce voisine pour jeter un coup d'œil par la meurtrière. Corum l'entendit s'écrier : « Nous sommes dans les Limbes ! »

Lentement, Corum se détacha à son tour d'Erekosë. Il n'avait pas l'énergie d'aller voir ce que voulait dire Elric, mais devinait que la tour était maintenant dans ce lieu sans temps ni espace où il s'était lui-même trouvé avec le vaisseau du ciel. Et, à présent, la tour se balançait encore plus follement. Il contempla la silhouette effondrée du nain, qui se cachait la figure dans les mains. Des filets de sang lui coulaient entre les doigts.

Jhary passa devant Corum pour se rendre dans la salle voisine. A son retour, Corum l'entendit dire :

« Venez, ami Elric, aidez-moi à retrouver mon chapeau.

— En un pareil moment, vous cherchez... un chapeau ?

— Oui. » Jhary fit un clin d'œil et caressa son chat. « Prince Corum, Seigneur Erekosë, voulez-vous m'accompagner également ? »

Ils défilèrent devant le nain qui pleurait, descendirent par un tunnel étroit et arrivèrent en haut d'un escalier. Les degrés menaient à une cave. La tour tremblait. Une torche levée au-dessus de la tête, Jhary descendit devant eux.

Un pan de maçonnerie se détacha du plafond, tombant aux pieds d'Elric, qui dit tranquillement : « Je préférerais chercher un moyen de sortir de la tour. Si elle s'écroule maintenant, nous serons tous enterrés.

— Faites-moi confiance, Prince Elric. »

Ils arrivèrent à une chambre circulaire où se voyait une énorme porte de métal.

« La crypte de Voilodion. Vous y trouverez tout ce que vous voulez », déclara Jhary, « et, je l'espère, mon chapeau ! Il a été confectionné spécialement et c'est le seul qui aille bien avec mes autres vêtements...

— Comment ouvrir une porte pareille ? » Erekosë rengaina son épée d'un geste irrité. Puis il la retira du fourreau et en posa la pointe sur le battant. « C'est certainement de l'acier. »

De nouveau, l'amusement passa dans la voix de Jhary : « Si vous vous preniez encore par le bras, mes amis ? »

Malgré le danger, Corum sourit à Jhary.

« Je vais vous montrer comment ouvrir la porte », reprit le guide.

Ils se reprirent donc par le bras, et cette vaste et délicieuse force les emplit et ils rirent, avec un sentiment de plénitude issu de leur union. Peut-être était-ce leur destin ? Peut-être, lorsqu'ils cesseraient d'être des héros isolés, se fondraient-ils de nouveau et connaîtraient-ils le bonheur ? Cette pensée leur donnait de l'espoir.

Jhary dit d'un ton posé : « Et maintenant, Prince Corum, si vous voulez bien frapper du pied la porte une seule fois... »

Corum décocha un coup de pied sur l'acier, et vit le battant s'effondrer sans la moindre résistance. Il n'avait plus envie de lâcher ses camarades-héros. Il entrevoyait une vie de satisfaction sous cette trinité inouïe. Mais il fut obligé de rompre l'unité pour entrer dans la crypte.

La tour eut une secousse, parut s'incliner sur le flanc, et ils culbutèrent tous les quatre parmi les trésors de la crypte de Voilodion.

Corum se releva. Elric examinait un trône d'or. Erekosë avait ramassé une hache de guerre trop grande à manier, même pour lui.

En ce lieu étaient rassemblés les objets que Voilodion avait volés à toutes ses victimes tandis que sa tour voyageait à travers les Plans.

Corum se demandait s'il avait jamais existé un tel musée. Il allait s'émerveillant, d'objet en objet. Cependant, Jhary tendit quelque chose à Elric en prononçant quelques paroles. Corum entendit Elric demander : « Comment pouvez-vous savoir tout cela ? »

Jhary répondit indistinctement puis se pencha en poussant un cri de joie. Il tenait son chapeau, et l'époussetait déjà. Puis il aperçut autre chose, qu'il ramassa. Un gobelet. « Prenez-le ! » dit-il à Corum. « Je pense qu'il se révélera utile. »

Jhary alla dans un coin, où il ramassa un petit sac, qu'il jeta sur son épaule. Il fouilla ensuite dans une cassette de bijoux et en tira un anneau, qu'il offrit à Erekosë. « Voici votre récompense pour avoir contribué à me libérer de mon geôlier. » Il s'exprimait avec grandiloquence, mais c'était par ironie envers lui-même.

Erekosë ne put s'empêcher de sourire. « J'ai bien

l'impression que vous n'aviez besoin d'aucune aide, jeune homme.

— Vous vous trompez, ami Erekosë. Je ne crois pas avoir jamais été en si grand péril. » Il promena longuement les yeux autour de la salle, puis il perdit l'équilibre quand la tour pencha de nouveau.

« Nous devrions songer à nous en aller », suggéra Elric, qui tenait une masse de métal sous le bras.

« Très juste. » Jhary traversa rapidement la crypte. « Une dernière chose. Dans son orgueil, Voilodion m'a montré tous ses biens, mais il n'en connaissait pas toujours la valeur.

— Que voulez-vous dire ? » s'étonna Corum.

« Il a tué le voyageur qui avait apporté ceci. Ce voyageur avait raison de penser qu'il pouvait empêcher la tour de disparaître, mais il n'a pas eu le temps de s'en servir avant d'être tué par Voilodion. » Jhary montra l'objet, un petit bâton d'une couleur ocre sombre. Peu de valeur en apparence. « Voici. C'est le Bâton des Runes. Hawkmoon l'avait quand je me suis rendu avec lui dans l'Empire des Ténèbres. »

2

À TANELORN

« Qu'est-ce donc que le Bâton des Runes ? » fit Corum.

« Je me souviens d'une description... mais je ne suis

pas fameux pour donner des noms et des explications aux choses... »

Elric ébaucha un sourire. « Cela ne m'a pas échappé.

— C'est un objet qui ne peut exister que sous un ensemble de lois physiques particulières », reprit Jhary. « Pour continuer d'exister, il doit fournir un champ dans lequel il puisse s'enfermer. Ce champ doit être accordé à ces lois... qui sont aussi celles qui nous permettent le mieux de survivre. »

De gros débris tombèrent du plafond.

Erekosë grommela : « La tour se démolit. »

Corum observait Jhary, qui promenait la main, d'un mouvement caressant, sur le bâton d'ocre sombre, selon un certain dessin. « Je vous prie de vous rassembler auprès de moi, mes amis. »

Dès que les trois autres se furent joints à lui, le toit de la tour s'effondra. Corum vit de grands blocs de pierre qui s'abattaient pour l'écraser, puis il se retrouva devant un ciel bleu, respirant un air frais, un sol ferme sous les pieds. Et pourtant, à quelques centimètres d'eux, et tout autour, c'étaient les ténèbres... l'obscurité totale des Limbes. « Ne sortez pas de cet espace restreint », les avertit Jhary, « sinon vous êtes perdus ! »

Il fronça les sourcils. « Laissons le Bâton des Runes chercher à notre place ! »

Corum, habitué à la voix de son ami, sentait bien qu'il n'avait pas son assurance accoutumée.

Le sol changea de couleur, l'air devint brûlant, puis glacial, et le Prince se rendit compte qu'ils voyageaient rapidement à travers les Plans comme l'avait fait la Tour Abolie ; mais ils n'allaient pas au hasard, il en avait la conviction.

Maintenant, il y avait du sable sous les pieds de Corum et un vent chaud lui soufflait au visage, et Jhary criait : « Maintenant ! »

Courant avec les autres dans le noir, Corum fit irruption en plein soleil, sous un ciel métallique luisant.

« Un désert... un vaste désert », dit doucement Erekosë. De toutes parts, des dunes jaunes. Et le vent murmurait tristement à leurs oreilles.

Jhary était visiblement satisfait de lui-même. « Le reconnaissez-vous, ami Elric ? »

Elric était soulagé. « Le Désert des Soupirs ?

— Écoutez. »

Elric entendait la plainte du vent, mais il contemplait autre chose.

Corum tourna la tête. Jhary avait lâché le Bâton des Runes, qui s'estompait peu à peu.

« Devez-vous tous venir avec moi défendre Tanelorn ? » demanda Elric à Jhary, s'attendant sans doute à un acquiescement.

Mais Jhary secoua la tête. « Non. Nous partons de l'autre côté. Il nous faut chercher l'engin que Theleb K'aarna a amorcé avec l'aide des Seigneurs du Chaos. Où est-il ? »

Elric fouilla des yeux les dunes. Il plissa le front et tendit un doigt incertain. « Par là, je crois.

— Alors, allons-y tout de suite !

— Mais il faut que j'essaie de secourir Tanelorn », protesta Elric.

« Vous devrez détruire l'engin quand nous nous en serons servi, ami Elric, de crainte que Theleb K'aarna ou ses semblables ne le remettent en activité.

— Mais Tanelorn... »

Corum écoutait avec curiosité. Comment Jhary était-il si bien informé du monde d'Elric et de ses besoins ?

« Je ne crois pas que Theleb K'aarna et ses bêtes aient déjà atteint la ville », déclara calmement Jhary.

« Pas atteint ! Mais tant de temps s'est écoulé !

— Moins d'une journée », rétorqua Jhary.

Corum se demanda si c'était valable pour eux tous ou seulement pour le monde d'Elric. Il sympathisait avec l'albinos, qui se frottait le visage, ne sachant trop s'il devait se fier à Jhary. Il dit enfin : « Très bien. Je vais vous conduire à la machine.

— Mais si Tanelorn est proche, intervint Corum, pourquoi la chercher ailleurs ?

— Parce que ce n'est pas la Tanelorn que nous souhaitons découvrir », lui dit Jhary.

« Cela me convient », dit Erekosë d'un ton presque humble. « Je resterai avec Elric. Alors, peut-être... » Il y avait de la nostalgie dans son regard.

Mais Jhary était horrifié. « Mon ami, dit-il tristement, une grande part du temps et de l'espace est déjà menacée de destruction. Les barrières éternelles pourraient bientôt tomber... la matière du Multivers pourrait se corrompre. Vous ne comprenez pas. Ce qui est arrivé à la Tour Abolie ne peut se produire qu'une fois en une éternité et, même ainsi, cela met en danger tous les intéressés. Il faut agir comme je vous le dis. Je vous promets que vous aurez tout autant de chances de trouver votre Tanelorn de l'endroit où je vous mène.

— Très bien », fit Elric, tête basse.

« Venez donc ! » Jhary s'éloignait déjà d'eux, impatient.

« Malgré tous vos discours sur le temps, il ne m'en reste guère !

— Comme à nous tous », fit sombrement Jhary.

Ils allaient péniblement dans le désert, et le vent en deuil trouvait en leurs âmes un écho à sa mélancolie. Ils parvinrent enfin à un entassement de roches, un amphithéâtre naturel au centre duquel se trouvait un campement déserté. Les pans de la tente claquaient au vent ; ce n'était cependant pas elle qui retenait leur attention, mais la grande cuve au centre de l'amphithéâtre — une cuve qui contenait quelque chose de beaucoup plus étrange que tout ce que Corum avait pu voir à Gwlascor-Gwrys ou dans le monde de Dame Pentallyon. Cela présentait de nombreux plans, courbes et angles de diverses couleurs, et il était étourdi rien qu'à les regarder un moment.

« Qu'est-ce ? » murmura-t-il.

« Une machine utilisée par les Anciens, répondit Jhary. C'est ce que je cherchais pour nous conduire à Tanelorn.

— Mais pourquoi ne pas accompagner Elric à *sa* Tanelorn ?

— Nous connaissons sa géographie, mais il nous faut encore le temps et la dimension, dit Jhary. Ayez patience, Corum, car, à moins d'être arrêtés en route, nous devrions bientôt voir la Tanelorn souhaitée.

— Et nous y trouverons des secours contre Glandyth ?

— Cela, je ne saurais le dire. »

Jhary s'approcha de la machine et en fit le tour, comme s'il l'avait bien connue. Il parut satisfait. Il se mit à esquisser des formes au-dessus de la cuvette et la machine réagit. Tout au fond, quelque chose se mit à battre comme un cœur. Les plans, les courbes et les angles se modifiaient subtilement en changeant de couleur. Un sentiment d'impatience se fit alors jour dans les mouvements de Jhary. Il pria Corum et Erekosë de s'appuyer du dos au bord de la cuvette, puis il tira une fiole de sa veste et la tendit à Elric.

« Quand nous serons partis », lui dit-il, « jetez ceci dans le haut du récipient, prenez votre cheval, que j'aperçois encore là-bas, et galopez aussi vite que possible à Tanelorn. Suivez parfaitement ces instructions et vous nous servirez tous. »

Elric prit prudemment la fiole. « Très bien. »

Jhary eut un sourire de connivence en se plaçant près des deux autres. « Et présentez, je vous prie, mes compliments à votre frère Tristelune. »

Les yeux cramoisis d'Elric s'agrandirent. « Vous le connaissez ? Comment...

— Adieu Elric. Nous nous rencontrerons certainement de nombreuses fois dans l'avenir, mais il se pourrait que nous ne nous reconnaissions pas. »

Elric resta planté, son visage pâle moucheté de couleurs par la cuve.

« Et ce sera tant mieux, j'imagine », ajouta Jhary à mi-voix en regardant l'albinos avec une certaine sympathie.

Mais Elric avait disparu, avec le désert, avec la machine dans sa cuve.

Et une sorte de main invisible les rejeta en arrière.

Jhary eut un soupir de contentement. « La machine est détruite, ce qui est bien.

— Mais comment regagner notre propre Plan ? » demanda Corum. Ils étaient entourés d'une herbe haute qui ondulait... si haute qu'elle leur dépassait la tête. « Où est Erekosë ?

— Parti. Il suit sa route personnelle vers Tanelorn », répondit Jhary. Il regarda le soleil. Il arracha une poignée de la longue herbe et s'en essuya le visage. La rosée déposée sur les brins le rafraîchit. « Tout comme nous devons maintenant suivre la nôtre.

— Tanelorn serait donc proche ? » Corum était envahi d'impatience. « Est-elle proche, Jhary ?

— Elle l'est. Je le sens.

— C'est votre ville ? Vous connaissez ses habitants ?

— C'est ma ville. Tanelorn est toujours ma cité. Mais cette Tanelorn, je ne la connais pas. Toutefois, je crois en avoir une idée… Je l'espère, sinon tous mes pauvres plans auront été en vain.

— Quels plans ? Il faut m'en dire plus, Jhary.

— Je ne peux pas vous dire grand-chose. Je connais la situation d'Elric, parce qu'en un temps j'ai voyagé avec lui… ce que je fais encore, en ce qui le concerne. De plus, je sais comment secourir Erekosë, parce que j'ai aussi été — ou serai — son ami. Mais ce n'est pas la connaissance qui me guide, Corum, c'est l'instinct. Venez ! »

En s'engageant résolument dans les hautes herbes ondulantes, il paraissait suivre une voie bien tracée.

3

LA CONJONCTION DU MILLION DE SPHÈRES

Et ce fut Tanelorn.

Une ville bleue avec une forte atmosphère bleue qui se fondait avec l'étendue du ciel bleu qui l'encadrait, mais les bâtiments avaient une telle variété de nuances dans le bleu qu'ils paraissaient de couleurs différentes. De hauts clochers et des dômes se groupaient, s'entrelaçaient, se joignaient, s'élevaient en spirales et en courbes insensées, paraissant se projeter dans la joie vers les cieux, comme si leur propre bleu était source de délices silencieuses, avec toutes les couleurs passant du presque noir au mauve, sur toutes leurs formes métalliques.

« Ce n'est pas l'œuvre de mortels », murmura Corum Jhaelen Irsei en sortant avec Jhary des hautes herbes et en serrant autour de lui sa robe écarlate, pris du sentiment de son insignifiance devant la splendeur de la cité.

« Je vous l'accorde, dit Jhary, presque sombre. Ce n'est pas une Tanelorn que j'ai déjà vue. C'est même presque sinistre, Corum... C'est beau et merveilleux, mais on croirait presque une fausse Tanelorn, ou une contre-Tanelorn, ou quelque Tanelorn selon une logique totalement différente...

— J'ai du mal à vous suivre. Vous parliez de paix. Eh bien, cette Tanelorn est paisible. Vous disiez qu'il y avait de nombreuses Tanelorn qui existaient déjà avant l'origine du temps et survivraient encore à la fin des temps. Et, si cette Tanelorn est plus étrange que celles que vous connaissiez, quelle importance ? »

Jhary prit une profonde inspiration. « Je crois avoir une petite idée de la vérité, à présent. Si Tanelorn est située dans la seule région du Multivers qui ne soit pas soumise au flux, alors il se pourrait qu'elle ait d'autres rôles que de servir de havre de repos pour les héros fatigués et autres...

— Pensez-vous que nous y soyons en péril ?

— En péril ? Cela dépend de ce que vous appelez ainsi. Certaines connaissances peuvent être dangereuses pour une personne et non pour une autre. Le danger est déjà contenu dans la sécurité, comme vous vous en êtes aperçu, et la sécurité dans le danger. Où nous approchons au mieux de la vérité, c'est quand nous sommes témoins d'un paradoxe et par conséquent — j'aurais dû y réfléchir plus tôt — Tanelorn doit être un paradoxe. Entrons donc dans la cité, Corum, et apprenons pourquoi nous y avons été poussés ! »

Corum hésita. « Mabelode menace de vaincre la Loi. Glandyth-a-Krae vise à la conquête de mon Plan. Rhalina est perdue. Nous risquons de lourds sacrifices si nous avons commis une erreur, Jhary.

— Oui. Tout...

— Alors, ne devrions-nous pas d'abord nous assurer que nous ne sommes pas victimes de quelque supercherie cosmique ? »

Jhary se retourna en riant aux éclats. « Et comment nous y prendrons-nous, Corum Jhaelen Irsei ? »

Celui-ci lui adressa un regard furibond, puis baissa la tête. « Vous avez raison. Entrons dans Tanelorn. »

Ils traversèrent une pelouse bleuie par la lumière de la ville et ils s'immobilisèrent à l'entrée d'une large avenue bordée de plantes bleues, et respirèrent un air qui n'était pas tout à fait le même que sur les autres Plans qu'ils avaient visités.

Corum se mit à pleurer devant tant de beauté, tombant à genoux, comme en adoration, avec l'impression qu'il donnerait volontiers sa vie pour cette merveille. Jhary, debout près de son ami, lui posa la main sur l'épaule et murmura : « Oui, c'est bien Tanelorn, cette fois encore. »

Le corps de Corum lui semblait plus léger tandis qu'ils marchaient tous les deux dans l'avenue en cherchant des yeux les citadins ; Corum en venait à la certitude de recevoir de l'aide, de voir enfin Mabelode vaincu, de mettre fin au massacre parmi son peuple comme parmi celui de Lywm-an-Esh.

Pourtant, alors qu'ils avançaient, personne ne se montrait pour les accueillir. Partout ne régnait que le silence.

Au bout de l'avenue, Corum apercevait maintenant une silhouette dressée devant une fontaine compliquée de jets d'eau bleue. Il semblait que ce fût une statue, première du genre que Corum voyait dans la ville. Et elle lui évoquait quelque chose de connu, ce qui lui redonna de l'espoir, car au fond de son esprit cette statue équivalait au salut, bien qu'il ignorât pourquoi.

Il accéléra l'allure, mais Jhary le retint d'une main ferme. « Ne vous précipitez pas dans Tanelorn, Corum. »

Les détails de la statue se précisaient.

Elle était plus barbare d'apparence que le reste de la cité, et d'une teinte verte plutôt que bleue. Elle n'avait aucun rapport avec les tourelles et les dômes. Elle se dressait sur quatre jambes réparties autour du torse. Quatre bras, dont deux croisés et deux pendant le long du corps. Une grande tête humaine, mais dépourvue de nez. Les narines s'ouvraient directement dans la face. La bouche était beaucoup plus grande que celle des humains et le sculpteur lui avait conféré une sorte de sourire. Les yeux scintillaient et eux non plus n'avaient rien d'humain. C'étaient plutôt des bouquets de gemmes.

« Les yeux... » murmura Corum en se rapprochant.

« Oui. » Jhary savait ce qu'il voulait dire.

La statue n'était guère plus haute que Corum et tout le corps était incrusté de joyaux au sombre éclat. Il tendit la main pour la toucher, mais il s'immobilisa car il avait vu des bras croisés et il n'osait pas exprimer ses pensées : le bras droit se terminait par une main à six doigts, mais le gauche n'avait pas de main du tout ! Le pendant de la main droite était fixé au poignet de Corum ! Il voulut reculer, le cœur battant, la tête sonnante, si bien qu'il n'entendait rien d'autre.

Lentement, le sourire du visage étrange s'élargissait. Lentement, les mains quittèrent les flancs du corps pour se tendre vers Corum.

Puis ce fut la voix.

Jamais Corum n'avait entendu pareil mélange de tons. Intelligence, sauvagerie, humour, barbarie, froideur, chaleur, douceur et dureté, la voix renfermait un millier de nuances quand elle dit :

« La clé peut encore n'être pas mienne si elle n'est offerte de bon gré. »

Les yeux à facettes, frères de celui de Corum, scintillaient et bougeaient, tandis que les deux autres bras restaient croisés et que les quatre jambes demeuraient paralysées.

Sous l'effet de la stupéfaction, Corum était dans l'incapacité de parler, pour le moins aussi pétrifié que la statue. Jhary vint à sa hauteur.

« Vous êtes Kwll », dit-il d'un ton calme.

« Je suis Kwll.

— Et Tanelorn est votre prison?

— Elle est ma prison...

— ...car seule Tanelorn Intemporelle peut garder un être de votre puissance. Je comprends.

— Mais Tanelorn même ne pourrait me garder si je n'étais incomplet. »

Jhary souleva le bras gauche inerte de Corum. Il toucha la main à six doigts qui y était greffée.

« Et ceci vous remettra au complet.

— C'est la clé de ma liberté. Mais la clé ne sera cependant pas mienne si elle n'est offerte de bon gré.

— Et vous avez travaillé à ce résultat, n'est-ce pas? Grâce aux capacités de votre cerveau, sur lequel Tanelorn n'a pas de prise. Ce n'est pas la Balance qui a permis à Elric et à Erekosë de se joindre à cette partie d'eux-mêmes qui a nom Corum. C'est vous, car seul vous-même ou votre frère êtes assez forts, bien que prisonniers, pour mettre au défi les lois fondamentales. La Loi de la Balance.

— Seuls Kwll et Rhynn sont assez forts, car une seule loi les gouverne.

— Et vous l'avez violée. Il y a des éternités, vous l'avez violée. Vous vous êtes battus entre vous, et Rhynn vous a coupé la main pendant que vous, Kwll, lui preniez un œil. Vous avez oublié vos serments réciproques — les seuls auxquels vous ayez jamais envisagé de rester fidèles... Et Rhynn, il...

— Il m'a apporté ici, à Tanelorn, et j'y suis depuis des cycles, des quantités de cycles.

— Et Rhynn, votre frère, quel châtiment avez-vous choisi pour lui ?

— De chercher, sans jamais de repos, son œil manquant, mais il doit trouver l'œil séparément et non en même temps que la main.

— Or l'œil et la main sont restés ensemble.

— Comme ils le sont en ce moment.

— Ainsi Rhynn n'a jamais réussi.

— Comme vous le dites, mortel. Vous savez beaucoup de choses.

— Parce que je suis un de ces mortels condamnés à l'immortalité », répondit Jhary comme pour lui-même.

« La clé doit être remise de bon gré », répéta Kwll.

« Était-ce votre ombre que j'ai vue dans les Terres de Flamme ? » demanda soudain Corum, en s'écartant de l'être, les jambes prises de tremblements. « Était-ce vous que j'ai vu, du château d'Erorn, sur la colline ?

— Vous avez vu mon ombre, oui. Mais vous ne m'avez pas vu, vous ne pouviez pas. Et je vous ai sauvé la vie dans les Terres de Flamme et ailleurs. Je me suis servi de ma main pour supprimer vos ennemis.

— Ce n'étaient pas des ennemis. » Corum serrait contre lui la main, qu'il regardait avec horreur. « Et c'est vous qui avez conféré à la main le pouvoir d'évoquer les morts à mon aide ?

— La main a ce pouvoir. Ce n'est rien. Une bagatelle.

— Et vous avez fait tout cela avec votre seul cerveau... par la pensée ?

— J'ai fait bien davantage. La clé doit être remise de bon gré. Mortel, je ne peux vous forcer à me rendre ma main.

— Et si je la conserve ?

— Alors, il me faudra attendre une fois encore le Cycle des Cycles jusqu'à ce que le Million de Sphères soient de nouveau en conjonction. Ne l'avez-vous pas compris ?

— Je l'ai compris peu à peu », dit gravement Jhary. « Sinon, comment tant de Plans seraient-ils ouverts aux mortels ? Sinon, tant de gens découvriraient-ils des fragments de connaissance qui leur sont habituellement refusés ? Comment trois aspects d'une même entité pourraient-ils coexister sur un même Plan ? Comment me souviendrais-je d'autres existences ? C'est la Conjonction du Million de Sphères. Une conjonction si rare qu'un être pourrait croire avoir vécu plusieurs éternités sans en être jamais témoin. Et quand cette conjonction a lieu, m'a-t-on dit, les lois anciennes sont rejetées et remplacées par de nouvelles... La nature même de l'espace et du temps et de la réalité est modifiée.

— Cela signifierait-il la fin de Tanelorn ? » demanda Corum.

« Oui, peut-être même la fin de Tanelorn », répondit Kwll. « Mais c'est la seule chose dont je ne sois pas certain. La clé doit être remise de bon gré.

— Et qu'est-ce que je libère en offrant la clé ? » demanda Corum à Jhary.

Celui-ci secoua la tête et tira à demi son petit chat de sa veste pour le caresser pensivement.

« Vous libérez Kwll », dit Kwll. « Vous libérez Rhynn. Chacun a payé le prix.

— Que dois-je faire, Jhary ?

— Je ne...

— Passerons-nous un marché ? Dirai-je qu'il peut avoir sa main s'il nous aide contre le Roi des Épées, s'il nous aide à restaurer la paix dans mon pays, s'il nous aide à retrouver Rhalina ? »

Jhary haussa les épaules.

« Que dois-je faire, Jhary ? »

Mais ce dernier se refusait à répondre, aussi Corum regarda-t-il Kwll en pleine face. « Je vous rendrai votre main à la condition que vous utilisiez vos grands pouvoirs pour supprimer le règne du Chaos sur les Quinze Plans, que vous éliminiez Mabelode, Roi des Épées, que vous m'aidiez à découvrir où se trouve mon amour, Dame Rhalina, que vous m'aidiez à apporter la paix à mon monde pour qu'il vive sous le règne de la Loi. Dites que vous ferez tout cela.

— Je le ferai.

— Alors, c'est de mon plein gré que je vous offre la clé. Reprenez votre main, Dieu Perdu, car elle ne m'a guère apporté que de la misère.

— Fou ! » s'écria Jhary. « Je vous ai dit que... »

Mais sa voix était faible et faiblissait encore. Corum revivait la torture qu'il avait subie dans la forêt lorsque Glandyth lui avait tranché la main. Il hurla quand la douleur revint à son poignet et qu'il eut le feu au visage, et il sut que Kwll lui avait arraché du crâne l'œil de son frère, maintenant qu'il avait retrouvé sa puissance. Des ténèbres rayées de rouge tournoyaient dans son cerveau. Un feu rouge qui sapait son énergie. Une douleur rouge qui lui consumait la chair.

« ... qu'ils n'obéissent qu'à une seule loi... celle de

leur loyauté réciproque! » cria Jhary. « Je faisais des vœux pour que vous ne choisissiez pas cette décision.

— Je suis... » Corum avait la voix épaisse, en regardant le moignon de son poignet, en touchant les chairs molles à l'endroit où avait été l'œil. « Je suis de nouveau mutilé.

— Et je suis entier. » L'étrange voix de Kwll n'avait pas changé de ton; mais son corps orné de pierreries étincelait à la clarté bleue de la ville. « Et libre. Bientôt, mon frère, nous parcourrons de nouveau le Million de Sphères comme nous le faisions toujours avant notre combat... dans la joie et les délices devant la variété des choses. Nous sommes les deux seuls êtres à vraiment connaître le plaisir! Il faut que je te retrouve, mon frère!

— Le marché », insista Corum, sans tenir compte de Jhary. « Vous m'avez promis votre aide, Kwll.

— Mortel, je ne conclus pas de marchés. Je n'obéis à aucune autre règle que celle que vous savez. Peu m'importent la Loi et le Chaos et la Balance cosmique. Kwll et Rhynn existent pour l'amour d'exister et rien d'autre, et nous ne nous soucions nullement des luttes illusoires des mortels mesquins ou de leurs dieux encore plus mesquins. Ne savez-vous donc pas que vous *rêvez* ces dieux — que vous êtes plus forts qu'eux — que c'est lorsque vous êtes effrayés que vous vous attirez des dieux terrifiants? N'est-ce pas évident à vos yeux?

— Je ne comprends pas vos paroles. Je dis que vous devez respecter notre marché.

— Je pars maintenant à la recherche de mon frère et je jetterai son œil dans un endroit où il le trouvera facilement, pour qu'il soit libéré comme moi.

— Kwll! Vous me devez beaucoup!

— Je vous dois? Je ne reconnais d'autres dettes que celle envers moi-même d'obéir à mes propres désirs et à ceux de mon frère. Devoir? Qu'est-ce que je dois?

— Sans moi, vous ne seriez pas libre en ce moment.

— Sans mon aide antérieure, vous ne seriez plus en vie. Soyez-en reconnaissant !

— J'ai été maltraité par les dieux, Kwll. J'en suis las. Un simple pion pour le Chaos et pour la Loi, et maintenant Kwll. Du moins la Loi reconnaît-elle que le pouvoir implique la responsabilité. Vous ne valez pas mieux que les Seigneurs du Chaos !

— Faux ! Nous ne faisons de mal à personne, Rhynn et moi. Quel plaisir y a-t-il à jouer ces jeux idiots de la Loi et du Chaos, à manipuler le sort des mortels et des demi-dieux ? On se sert de vous, mortels, parce que vous le souhaitez, parce qu'alors *vous* pouvez imputer la responsabilité de vos actes à vos dieux. Oubliez tous les dieux... Oubliez-moi ! Vous serez plus heureux.

— Pourtant, vous vous êtes servi de moi, Kwll. Vous devez au moins le reconnaître. »

Kwll tourna le dos à Corum, lançant un javelot aux nombreuses barbes dans l'air, où l'arme disparut. « Je me sers de bien des choses — je me sers de mes armes — mais je ne me sens pas de dette envers elles quand elles ne me sont plus utiles.

— Vous êtes injuste, Kwll !

— La justice ? » Kwll fut secoué de rire. « Qu'est-ce que c'est ? »

Corum se ramassa pour bondir sur le Dieu Perdu, mais Jhary le retint. Le dandy lui dit : « Quand vous dressez un chien à vous rapporter vos proies, Kwll, vous le récompensez, n'est-ce pas ? Ainsi, si vous en avez besoin, il rapportera de nouveau. »

Kwll pivota sur ses quatre jambes, ses yeux à facettes lançant des éclairs. « Mais, s'il refuse, alors on dresse un autre chien.

— Je suis immortel », dit Jhary. « Et je fais mon

affaire d'avertir tous les autres chiens qu'il n'y a rien à gagner à accomplir le travail des Dieux Perdus.

— Je n'ai plus besoin de chiens...

— Vraiment ? Vous-même êtes incapable de prévoir ce qui se produira après la Conjonction du Million de Sphères.

— Je pourrais vous détruire, mortel qui êtes immortel.

— Vous seriez alors aussi mesquin que ceux que vous méprisez.

— Eh bien, je vais vous aider ! » Kwll renversa sa tête endiamantée et rit si fort que Tanelorn parut secouée par sa gaieté. « Je pense que cela me fera gagner du temps.

— Respectez-vous le marché ? » insista Corum.

« Je ne reconnais aucun marché. Mais je vous aiderai. » Kwll bondit soudain et saisit Corum sous un bras et Jhary sous un autre. « Et, tout d'abord, au Domaine du Roi des Épées ! »

Et la bleue Tanelorn n'était plus, et tout autour d'eux montait la matière instable du Chaos, dansant comme la lave dans un cratère en éruption, et, au travers, Corum vit Rhalina.

Mais Rhalina avait cinq mille pieds de haut.

4

LE ROI DES ÉPÉES

Kwll les posa à terre et contempla la femme gigantesque. « Ce n'est pas de la chair », dit-il, « c'est un château ».

C'était un château façonné à la ressemblance de Rhalina. Mais qui l'avait construit et pourquoi ? Et où était Rhalina elle-même ?

« Nous allons visiter le château », dit Kwll, avançant à travers le Chaos bondissant comme un autre eût traversé de la fumée. « Restez tout près de moi. »

Ils reprirent leur marche jusqu'à une volée de degrés en pierre blanche qui montaient au loin pour aboutir finalement à une porte ménagée dans le nombril de l'impressionnante statue. Kwll, dont les quatre jambes se mouvaient maladroitement, ce qui était surprenant, entama l'ascension. Il chantonnait.

Parvenus au sommet de l'escalier, ils franchirent l'ouverture circulaire et se trouvèrent dans une vaste salle illuminée par une clarté qui tombait de la tête distante de l'énorme statue.

Au centre de la lumière se tenait un groupe important de créatures, toutes armées, comme prêtes à la bataille. Elles étaient à la fois difformes et belles, et leurs armures ainsi que leurs armes étaient très variées. La tête de certaines ressemblait à des animaux, d'autres avaient les traits d'une belle femme. Elles souriaient toutes aux trois nouveaux arrivants... Et Corum comprit que c'était le rassemblement des Ducs d'Enfer... les serviteurs du Roi des Épées, Mabelode.

Kwll, Corum et Jhary s'immobilisèrent. Kwll s'inclina et leur rendit leur sourire ; ils paraissaient un peu étonnés à sa vue mais, de toute évidence, ne le reconnaissaient pas pour ce qu'il était. Leurs rangs s'ouvrirent et deux autres silhouettes apparurent.

L'un des deux êtres était grand, nu sous une robe légère. Il avait la peau blanche et lisse, sans un poil, le corps parfaitement proportionné. Ses cheveux blonds lui retombaient sur les épaules, mais il n'avait pas de visage.

Là où auraient dû se voir des yeux, un nez, une bouche, ce n'était que peau sans le moindre trait.

Corum devina que c'était Mabelode, que l'on appelait Sans Visage.

Près de lui se tenait Rhalina.

« J'espérais que vous viendriez », dit le Roi des Épées, bien qu'il n'eût pas de lèvres pour formuler les mots. « Voilà pourquoi j'ai construit ce château... comme appât quand vous vous mettriez à la recherche de votre Dame. Les mortels sont si fidèles !

— Oui, nous le sommes ! » répondit Corum. « Êtes-vous en sécurité, Rhalina ?

— Je le suis... et ma fureur me conserve la santé mentale », dit-elle. « Je vous croyais mort, Corum, quand le vaisseau du ciel s'est fracassé. Mais cette créature m'a déclaré que c'était improbable. Avez-vous trouvé de l'aide ? Il semble que non. Je vois que vous avez reperdu votre main et votre œil. » Elle s'exprimait d'un ton froid.

Des larmes montèrent à l'œil de Corum. « Mabelode paiera pour le mécontentement qu'il vous a causé », lui répondit-il.

Le Dieu Sans Visage éclata de rire et ses Ducs firent de même. On eût dit des bêtes qui avaient appris le rire. Mabelode tendit le bras derrière Rhalina et ramena une grande épée dorée, qui les éblouit de ses reflets.

« J'ai juré de venger Arioch et Xiombarg », dit Mabelode Sans Visage. « J'ai juré de ne risquer ni ma vie ni ma situation tant que vous ne seriez pas en mon pouvoir, Corum. Et quand vous avez leurré le Duc Teer » — le Duc Teer baissa sa tête de porc à ces paroles — « pour le pousser à combattre notre serviteur Glandyth, auquel j'ai permis de prendre une part à la préparation de mon piège, alors vous avez bien failli tomber dedans. Mais il est arrivé quelque chose. Seule, la fille a été prise, tandis que vous et l'autre disparaissiez. Alors, cette fois, j'ai utilisé la fille comme appât. Et j'ai attendu. Et puis vous voici. Maintenant, je peux vous infliger votre châtiment. Ma première intention était de vous remodeler la chair en y mêlant celle de vos compagnons de façon à vous rendre plus abominable d'apparence que tout ce que vous affectez de détester chez les miens. Je vous laisserai traîner sous cette forme un ou deux ans — ou aussi longtemps que le supportera votre petite cervelle — puis je vous rendrai votre premier aspect et vous forcerai à vous haïr et à vous désirer l'un l'autre à la fois... Je crois que vous avez déjà une certaine expérience de ce que je peux faire en ce sens. Puis...

— Quelles imaginations terre à terre que celles de ces Seigneurs du Chaos », dit Kwll de sa voix aux tonalités multiples. « Que leurs ambitions sont donc mesquines ! Que leurs rêves sont petits ! » Il rit. « Ce sont à peine des hommes, encore moins des dieux. »

Les Ducs d'Enfer, silencieux, tournèrent la tête pour observer leur Roi.

Mabelode tenait à deux mains son épée dorée, et il s'en échappait un millier d'ombres, se tordant et dansant en l'air, suggérant toutes des formes à Corum, mais des formes auxquelles il était incapable de donner un nom.

« Ma puissance n'a rien de terre à terre, créature ! Qu'êtes-vous donc pour oser vous moquer du plus puissant des Maîtres de l'Épée, Mabelode Sans Visage ?

— Je ne me moque pas. Je suis Kwll. » Il tendit la main dans l'air et y cueillit une épée à plusieurs lames. « Je n'affirme que l'évidence.

— Kwll est mort », dit Mabelode. « Et Rhynn est mort. Morts. Vous n'êtes qu'un charlatan. Vos tours de passe-passe n'ont rien d'amusant.

— Je suis Kwll.

— Kwll est mort.

— Je suis Kwll. »

Trois des Ducs d'Enfer se précipitèrent alors sur le dieu, brandissant leurs glaives.

« Tuez-le », ordonna Mabelode, « que je puisse commencer à savourer ma vengeance. »

Kwll cueillit en l'air deux autres épées aux nombreuses lames. Il laissa les glaives des Ducs frapper son corps orné de gemmes avant de les transpercer d'un air indifférent et de les expédier loin de lui, les faisant disparaître.

« Kwll... » dit-il. « La puissance du Multivers est mienne.

— Un seul être ne saurait avoir de tels pouvoirs ! » s'écria Mabelode. « La Balance cosmique l'interdit.

— Mais je n'obéis pas à la Balance cosmique », fit Kwll d'un ton calme. Il se tourna vers Corum et Jhary, et tendit à Corum l'Œil de Rhynn. « Je vais m'occuper de ceux-ci. Emportez l'œil de mon frère sur votre propre Plan et jetez-le à la mer. Vous n'aurez rien d'autre à faire.

— Et Glandyth ?

— Vous pouvez certainement vous débarrasser d'un simple mortel sans mon intervention ? Vous devenez paresseux, mortel !

— Mais... Rhalina...

— Ah ! »

La main de Kwll parut s'étirer à travers les rangs pressés des Ducs, devant le Roi Mabelode Sans Visage, et saisit Rhalina, à côté du Maître de l'Épée.

« Voici. »

Rhalina sanglotait entre les bras de Corum.

Celui-ci entendit Mabelode crier : « Appelez toutes

mes forces ! Rassemblez toutes les créatures de tous les Plans qui m'ont prêté serment ! Préparez-vous, mes Ducs d'Enfer ! Il faut défendre le Chaos ! »

Jhary lui répondit : « Y a-t-il un seul être que vous craignez, Roi des Épées ? Un seul ? »

L'épée dorée de Mabelode flamboya dans ses mains. Il avait le dos courbé, la voix basse.

« Je crains Kwll », dit-il.

« Et vous faites bien », dit Kwll. Il agita l'une de ses mains. « Maintenant, dispensons-nous de tous ces travestis idiots. Occupons-nous du combat. »

Le château en forme de Rhalina se mit à fondre autour d'eux. Les Ducs d'Enfer poussaient des cris de terreur, tandis qu'ils changeaient d'apparence, cherchant celle qui leur serait le plus utile. Mabelode Sans Visage grandissait et son énorme tête sans traits les dominait, menaçante.

De farouches couleurs sillonnaient les cieux. Des mares de ténèbres apparaissaient. Des hurlements, des grognements, des bruits de succion. De toutes parts arrivaient des choses qui sautillaient, d'autres qui glissaient, certaines qui galopaient, qui volaient, qui marchaient... toutes les choses du Chaos venant à la rescousse du Roi Mabelode.

Kwll frappa sur l'épaule de Jhary, qui disparut.

Corum était stupéfait. « Même vous ne pouvez lutter contre l'ensemble des forces du Chaos ! Je regrette ce marché. Je vous en tiens quitte !

— Je n'ai passé aucun marché. » Deux mains se tendirent et frappèrent Corum et Rhalina. Corum se sentit attiré hors du Domaine du Chaos.

« Ils vont vous détruire, Kwll !

— Je reconnais qu'il y a longtemps que je ne me suis battu. Mais je me souviendrai sûrement de mes anciens talents. »

Corum avait un aperçu de la terreur hurlante qu'était le Chaos se ruant sur le Dieu Perdu. « Non... »

Il tenta de tirer l'épée, mais il tombait à présent. Il tombait comme une fois déjà, lorsque la nef volante avait fait naufrage. Mais, cette fois, il serrait Rhalina contre lui.

Alors même qu'il perdait le sentiment, il maintint sa prise sur son bras jusqu'au moment où il l'entendit.

« Corum ! Corum ! Vous me faites mal ! »

Il avait les yeux fermés. Il les ouvrit. Ils étaient tous les deux debout sur de la pierre noire et la mer les entourait. Il ne reconnut pas immédiatement l'endroit, car le château n'y était plus. Puis il se rappela que Glandyth l'avait brûlé.

Ils étaient sur le Mont Moidel.

La marée commençait à descendre et ils aperçurent la digue, qui se découvrait peu à peu.

« Regardez ! » fit Rhalina en désignant la forêt.

Il se tourna et vit des cadavres.

« Ainsi, la lutte se poursuit », dit-il. Il était sur le point d'aider sa compagne à descendre du mont quand il posa les yeux sur l'objet qu'il avait conservé dans sa main unique en même temps qu'il serrait le bras de Rhalina.

C'était l'Œil de Rhynn.

Il leva le bras et lança l'objet loin dans la mer. L'œil traça une courbe fulgurante dans l'air puis s'engloutit sous les vagues.

« Je ne suis pas fâché d'en être enfin débarrassé », déclara-t-il.

5

LA FIN DE GLANDYTH

Quand ils eurent longé la digue et atteint la terre, ils distinguèrent mieux les corps épars en bordure de la forêt. C'étaient ceux de leurs anciens ennemis des tribus pony. Ils s'étaient battus sauvagement entre eux et pendant un certain temps, à en juger par tous les indices. Ils gisaient, dans leurs fourrures, avec leurs colliers et leurs bracelets de cuivre et de bronze, leurs épées et leurs haches grossières en main, et chaque cadavre portait une douzaine de blessures. Visiblement, ils avaient été atteints par le Nuage de Discorde qu'avait attiré sur le pays la sorcellerie du Nhadragh. Corum se pencha pour examiner un des corps.

« Pas mort depuis longtemps », conclut-il. « Ce qui signifie que la maladie sévit toujours. Et, pourtant, elle ne nous touche plus. Peut-être lui faut-il du temps pour pénétrer nos cerveaux. Ah ! les pauvres gens de Lywn-an-Esh... Mes pauvres Vadhaghs... »

Un mouvement dans les arbres.

Corum s'arma de son épée, conscient pour la première fois de l'absence de sa main gauche et de son œil droit. Il avait l'impression d'être déséquilibré. Puis il sourit de soulagement.

C'était Jhary-a-Conel, menant trois poneys par les cordes qui servaient de bridon.

« Ce ne sont pas les montures les plus confortables, mais cela vaut toujours mieux que d'aller à pied. Où vous rendez-vous, Corum ? A Halwyg ? »

Corum secoua la tête. « J'ai réfléchi à la seule chose positive que nous puissions faire. Guère de possibilités à Halwyg. Je doute que Glandyth y ait déjà installé sa Cour car il nous pourchasse sûrement sur d'autres Plans. Je pense que nous irons à Erorn. Il y a là un bateau que nous pourrons prendre pour nous porter aux îles des Nhadraghs.

— Où habite le sorcier qui a jeté ce sort sur le monde ?

— Exactement. »

Jhary-a-Conel caressait son chat sous le menton. « Votre idée est bien fondée, Corum Jhaelen Irsei. Hâtons-nous ! »

Bientôt, sur les poneys hirsutes, ils avançaient le plus vite possible à travers les bois de Bro-an-Vadhagh. Par deux fois, ils durent se cacher au passage de petits groupes de Vadhaghs qui se pourchassaient. Ils assistèrent même à un massacre, impuissants à sauver les victimes.

Corum fut soulagé en apercevant enfin les tours du château d'Erorn, car il s'était demandé si Glandyth ou un autre ne l'avait pas de nouveau rasé. Le château était comme ils l'avaient laissé. La neige avait entièrement fondu et un doux printemps animait les arbres et les buissons. Ils entrèrent dans la demeure avec un sentiment de plaisir.

Mais ils avaient oublié les domestiques.

Ceux-ci n'avaient pas résisté longtemps à la maladie. Ils trouvèrent deux cadavres affreusement mutilés dans l'entrée. Il y en avait d'autres dans le château et tous avaient été massacrés, sauf un… le dernier survivant, dont l'agressivité s'était tournée contre lui-même, et qui s'était pendu dans l'une des salles de musique. Sa présence créait dans les fontaines et les cristaux un son amer et terrible qui faillit chasser Corum et ses compagnons hors de la demeure.

Une fois les cadavres enterrés, Corum prit le passage qui menait à la grande caverne marine, sous le château. Le petit bateau qui les avait promenés, Rhalina et lui, durant les brefs jours de paix, était toujours là, prêt à partir immédiatement.

Rhalina et Jhary se chargèrent de l'approvisionnement pendant que Corum inspectait la voile et le gréement. Ils attendirent le retour de la marée puis passèrent sous l'arche irrégulière de la caverne pour gagner le large. Il leur faudrait deux jours avant d'apercevoir la première des îles des Nhadraghs.

Avec la mer tout autour de lui, Corum réfléchissait à ses aventures sur les différents Plans. Il avait pénétré dans tant de mondes qu'il en avait perdu le compte. Y avait-il vraiment un million de sphères, dont chacune renfermait une quantité de Plans ? Difficile de concevóir tant de mondes divers. Et sur chacun de ces mondes se livrait un combat.

« N'y a-t-il donc aucun monde qui connaisse la paix en permanence ? » demanda-t-il à Jhary en prenant la barre pendant que son ami ajustait la voile. « N'y en a-t-il pas, Jhary ? »

Celui-ci haussa les épaules. « Peut-être qu'il y en a, mais je n'en ai jamais vu. Peut-être mon destin me refuse-t-il d'en visiter un seul. Mais il est fondamental pour la Nature de livrer une lutte quelconque, non ?

— Certaines créatures vivent toute leur vie en paix.

— Oui, quelques-unes. Une légende raconte qu'il n'y avait en un temps qu'un seul monde — une planète comme la nôtre — qui restait calme dans la perfection. Mais le mal l'a envahie et elle a appris la lutte, et, en apprenant la lutte, elle a créé d'autres exemplaires d'elle-même, où le conflit n'était que plus florissant. Mais il y a aussi de nombreuses légendes qui prétendent que le passé était parfait et que l'avenir le sera. J'ai vu bien des passés et de nombreux avenirs. Aucun d'eux n'était parfait, mon ami. »

Corum sentit la barque se balancer et affermit sa prise sur la barre. Les vagues grossissaient et la mer devenait houleuse.

Rhalina pointa l'index vers le lointain. « Le Dieu des Eaux... voyez ! Il se dirige vers notre côte, toujours en pêchant !

— Peut-être ce dieu connaît-il la paix », dit Corum quand la mer se fut calmée et que le géant fut parti.

Jhary caressa la tête du chat. La petite créature regardait l'eau avec inquiétude. « Je ne le pense pas », dit-il.

Une journée encore passa avant qu'ils aperçussent les îles extérieures de l'archipel. Elles étaient essentiellement vert foncé et brun, et, au passage, ils voyaient les ruines noircies des villes et des châteaux brûlés par les Mabdens lorsqu'ils étaient venus piller les îles des Nhadraghs.

De temps à autre, une silhouette agitait le bras en salutation, sur une plage, mais ils ne répondaient pas car sans nul doute le Nuage de Discorde avait atteint ce qu'il restait de la population.

« Voilà ! » fit Corum. « Cette grande île. C'est Maliful, où est située la ville d'Os, dans laquelle habite le sorcier Ertil. Je crois sentir de nouveau le Nuage de Discorde me mordiller le cerveau...

— Alors, hâtons-nous d'achever notre travail, si nous le pouvons », conclut Jhary.

Ils accostèrent sur une plage caillouteuse et déserte très proche d'Os, dont ils distinguaient les murailles.

« Va, Moustache ! » murmura Jhary au chat. « Montre-nous le chemin de la retraite du sorcier ! »

Le chat déploya ses ailes et prit de l'altitude, planant pour éviter de les dépasser tandis qu'ils avançaient prudemment. Puis, alors qu'ils escaladaient les débris de ce qui avait été une porte de la ville et s'engageaient entre les tas de maçonnerie envahie par les herbes, le chat vola droit sur la bâtisse trapue avec le dôme jaune sur le toit. Il en fit deux fois le tour puis revint se poser sur l'épaule de Jhary.

Corum éprouva un mouvement d'humeur envers le chat. C'était une irritation sans raison, mais il savait quelle en était la cause. Il se mit à courir vers la maison basse.

Il n'y avait qu'une entrée, bloquée par un solide battant de bois.

« Le briser serait faire connaître notre présence », chuchota Jhary. « Voyez, ici... des marches. »

Un escalier de pierre menait au toit. Ils l'empruntèrent tous les trois, Rhalina fermant la marche.

Ils se glissèrent jusqu'au dôme et jetèrent un coup d'œil. Il leur fut d'abord difficile de distinguer ce qu'il y avait à l'intérieur. Un amas de parchemins, de cages et de chaudrons. Mais une forme bougeait. Ce ne pouvait être que le sorcier.

« J'en ai assez de ces précautions ! » cria Corum. « Finissons-en tout de suite ! »

Avec un rugissement, il retourna son épée et frappa le dôme de la lourde garde.

La matière gémit et une craquelure s'y dessina. Il frappa de nouveau, et la substance se fracassa, retombant à l'intérieur.

Mais Corum avait ainsi libéré des relents qui les firent reculer de quelques pas, avant de se disperser dans l'air pur du dehors. Corum, qui sentait monter en lui une fureur déraisonnable, se précipita vers la brèche et bondit au travers, retombant à grand bruit sur la table entaillée.

L'épée pointée, il jeta autour de lui un regard furibond.

Et ce qu'il vit chassa la colère de son esprit. C'était le Nhadragh Ertil.

Le sinistre sorcier avait visiblement succombé à ses propres enchantements. Ses lèvres écumaient. Ses yeux sombres roulaient dans les orbites.

« Je les ai tués et je vais vous tuer », dit-il. « Ils ne voulaient pas m'obéir, alors je les ai tués. »

De son bras restant, il leva sa jambe coupée. Une autre jambe et un autre bras saignaient non loin de là.

« Je les ai tués ! »

Corum se détourna et entreprit de renverser à coups de pied le chaudron bouillonnant, de disperser les flacons d'herbes et de produits chimiques tout autour de la pièce.

« Je les ai tués ! » balbutiait le sorcier. Sa voix monta jusqu'au cri, puis il se tut. Le sang sortait à flots de son corps. Il n'avait plus que quelques secondes à vivre.

« Comment avez-vous fabriqué le Nuage de Discorde ? » lui demanda Corum.

Ertil ébaucha un faible sourire et agita la jambe coupée. « Là... l'encensoir. Rien qu'un petit encensoir... mais il vous a tous détruits.

— Pas tous ! » Corum saisit l'encensoir par ses chaînes et le plongea dans un des chaudrons. Une vapeur verte jaillit de ses flancs et des faces maléfiques apparurent un bref instant dans la vapeur avant de s'évanouir.

« J'ai maintenant anéanti ce qui a causé la mort de tant de gens de mon peuple, sorcier », dit Corum.

Ertil leva sur lui des yeux vitreux. « Alors, supprimez-moi aussi, Vadhagh ! Je le mérite. »

Corum secoua la tête. « Je vous laisserai mourir à votre propre manière. »

D'en haut lui parvint la voix de Jhary.

« Corum ! »

Le Prince à la Robe Écarlate leva la tête et vit le visage de Jhary qui s'encadrait dans le trou du dôme. Il paraissait abattu.

« Qu'y a-t-il, Jhary ?

— Glandyth a dû sentir venir la démence du sorcier.

— Que voulez-vous dire ?

— Il arrive, Corum. Toujours porté par ses bêtes. »

Corum rengaina son épée et sauta de la table. « Je vous rejoins en bas. Je ne peux pas remonter par-là. »

Il enjamba ce qu'il restait d'Ertil le Nhadragh et ouvrit la porte. En descendant, il entendait les cris et les plaintes des animaux encagés, qui suppliaient qu'on les libère.

Jhary et Rhalina l'attendaient déjà dehors. Corum prit Rhalina par le bras et la fit entrer dans la bâtisse.

« Restez ici, Rhalina ! C'est un vilain endroit, mais vous y serez plus en sûreté. Restez-y, je vous en prie ! »

Des ailes noires battaient dans le ciel. Glandyth approchait.

Corum et Jhary coururent jusqu'à un espace qui avait été autrefois une place publique. Maintenant, des décombres s'y entassaient.

Les Denledhyssis étaient moins nombreux. Sans doute certains avaient-ils trouvé la mort dans le combat contre le Duc Teer. Mais une douzaine de monstres noirs n'en survolaient pas moins le site d'Os.

Un hurlement de triomphe à glacer le sang monta soudain dans le ciel, renvoyé en écho par la cité en ruine.

« Corum ! »

Glandyth-a-Krae avait vu son ennemi.

« Où sont donc ta main et ton œil de sorcier, Shefanhow ? Repartis dans l'enfer d'où tu les avais obtenus, hein ? »

Et Glandyth se mit à rire.

« Ainsi, et pour finir, nous allons périr aux mains des Mabdens », dit tranquillement Corum en regardant les bêtes noires qui se posaient à l'autre bout de la place. « Préparez-vous à mourir, Jhary ! »

Ils attendaient, l'épée en garde, quand Glandyth quitta sa monture du Chaos et s'avança parmi les ruines, suivi de ses Denledhyssis.

Pensant pouvoir encore sauver Jhary et Rhalina, Corum s'adressa à l'énorme guerrier. « Voulez-vous me combattre loyalement, Comte Glandyth ? Voulez-vous prier vos hommes de rester à l'écart pendant que nous lutterons ? »

Glandyth-a-Krae ajusta ses épaisses fourrures sur son dos et releva son casque au-dessus de son visage rouge. Le rire jaillit de ses grosses lèvres. « Si vous jugez qu'il est loyal de ma part de combattre un déchet qui n'a qu'un bras et qu'un œil, soit, je lutterai contre vous, Corum. » Il adressa un clin d'œil à ses hommes. « Reculez comme il le dit ! Je vous remettrai dans un petit instant son autre main et son autre œil ! »

Les barbares poussèrent des hurlements de joie à cette plaisanterie de leur chef.

Le Comte mabden vint se placer à quelques mètres de Corum. Il regardait durement le Vadhagh. « Vous m'avez causé bien des ennuis depuis un certain temps, Shefanhow. Mais, à présent, mon plaisir me fait tout oublier. Je suis bien heureux de vous revoir. » Il prit sa grande hache de guerre suspendue à sa ceinture et tira son épée du fourreau. « Nous allons donc terminer ce que nous avions commencé dans les bois d'Erorn. »

Il fit un pas en avant, mais un hurlement d'effroi de ses hommes l'arrêta. Il se retourna.

Les bêtes noires s'élevaient dans l'air et volaient vers l'est. Et, tout en volant, elles disparaissaient.

« Elles retournent au Chaos », dit Corum. « Leur maître en a besoin, car il est acculé. Si je vous tue, Glandyth, vos hommes me laisseront-ils libre ? »

Glandyth eut son rictus de loup. « Ils m'aiment beaucoup, mes Denledhyssis !

— J'ai donc peu à y gagner », constata Corum. « Un instant ! » Il murmura à Jhary : « Emmenez Rhalina. Prenez le bateau. Même si je suis tué, les Denledhyssis n'auront pas de moyen de transport et ne pourront vous suivre. C'est la solution la plus sage, Jhary, ne le niez pas.

— Je ne le nie pas. Je ferai ce que vous dites. Je partirai. » Jhary poussa un soupir.

« Vous lui permettrez de quitter Os, n'est-ce pas ? » demanda Corum.

Glandyth haussa les épaules. « Très bien. Si l'ennui nous prenait plus tard, nous pourrions toujours lui donner la chasse. Et ne croyez pas que cela me gêne de perdre quelques bêtes du Chaos. J'ai mon propre sorcier pour en conjurer d'autres si besoin est.

— Ertil ? »

Les yeux malsains de Glandyth s'étrécirent. « Ertil, oui. Et alors ?

— Il s'est tué. Le Nuage de Discorde l'a lui-même atteint.

— Peu importe. Je vais… Han ! » Le Comte de Krae s'était soudain jeté sur Corum, la hache et le glaive tranchant simultanément des deux côtés.

Corum fit un bond en arrière, se prit le pied et tomba tandis que le fer de la hache sifflait au-dessus de lui. Il roula de côté à l'instant où l'épée s'abattait sur le bloc de maçonnerie où il s'était trouvé étendu une fraction de seconde avant. S'appuyant sur le moignon de son bras gauche, il se releva, parant un sauvage coup de hache.

Le barbare était plus fort et agile que jamais, malgré sa panse. Rien que sa présence donnait à Corum l'impression d'être faible comme un enfant. Il tenta de passer à l'offensive, mais Glandyth ne lui laissait aucun répit, le repoussant de plus en plus loin parmi les décombres. Le seul espoir de Corum était que Jhary et Rhalina eussent gagné la barque et fissent route vers le château d'Erorn quand Glandyth le tuerait.

La hache et l'épée à la fois s'abattirent sur la lame levée de Corum, qui eut le bras engourdi sous la violence du choc. Il fit glisser son épée le long du manche de la hache pour tenter de trancher les doigts de son adversaire, mais celui-ci la retira et visa la tête du Prince.

Corum esquiva, mais le fer coupa les mailles de sa cotte sur son épaule gauche, lui écorchant la peau.

Glandyth souriait. Sa mauvaise haleine soufflait au visage de Corum et ses yeux de fou irradiaient la fureur meurtrière. Il pointa de sa lame et Corum sentit le fer lui pénétrer la cuisse. Il rompit et vit le sang qui coulait sur les mailles d'argent.

Haletant, Glandyth prit un temps d'arrêt, pour se préparer à porter le dernier coup.

Alors, Corum fonça, la lame visant le visage de Glandyth, et lui entamant la joue avant que le barbare ait pu écarter l'arme.

Le sang coulant toujours de sa blessure à la cuisse, Corum recula en boitillant sur les ruines, pour s'efforcer de prendre un peu de distance. Glandyth ne bougea pas, ravi de la douleur qu'éprouvait Corum.

« Je crois que j'aurai le plaisir supplémentaire de vous infliger une mort lente. Aimeriez-vous vous enfuir un petit peu, Prince Corum, pour gagner quelques secondes de vie ? »

Corum se redressa. Il était sur le point de s'évanouir, incapable de prononcer un mot. Il regardait Glandyth, de son œil unique, puis il fit un pas en avant.

Glandyth gloussa. « J'ai massacré toute votre race, vous excepté. Et maintenant, après une longue attente, je vais tuer le dernier de votre exécrable engeance. »

Corum fit encore un pas en avant.

Glandyth prépara ses armes. « Vous avez envie de mourir, hein ? »

Corum oscillait. Il distinguait à peine le Comte de Krae. Il leva avec difficulté son épée et voulut faire encore un pas.

« Venez ! » dit Glandyth. « Venez donc ! »

Une ombre passa sur les ruines. Corum crut d'abord que c'était un effet de son imagination. Il secoua la tête pour éclaircir sa vision.

Glandyth aussi avait vu l'ombre. Sa bouche rouge s'ouvrit d'étonnement, ses yeux injectés de sang s'écarquillèrent.

Et, pendant qu'il contemplait la chose qui projetait cette ombre, Corum se laissa tomber en avant, derrière son épée, dont l'acier se planta dans la gorge du barbare.

Glandyth émit un gargouillement creux, et le sang lui jaillit de la bouche.

« Au nom de ma famille ! » dit Corum.

L'ombre passait. C'était un géant qui la projetait. Un géant muni d'un grand filet, qu'il jeta sur les Denledhyssis terrifiés, puis il les souleva très haut et lança leurs corps loin au-dessus de la cité. C'était un géant qui avait deux yeux scintillants, à facettes, comme des gemmes.

Corum s'écroula près du cadavre de Glandyth-a-Krae, les yeux levés vers le géant. « Le Dieu des Eaux », murmura-t-il.

Jhary apparut près de lui et se mit à étancher le sang de sa cuisse. « Oui, le Dieu des Eaux », confirma-t-il, « mais il ne drague plus les mers du monde car il a trouvé ce qu'il cherchait.

— Son âme ?

— Son œil. Le Dieu des Eaux, c'est Rhynn. »

La vision de Corum était encore plus brumeuse. Mais, à travers un brouillard rosé, il vit arriver Kwll, dont la tête endiamantée s'agrémentait d'un sourire.

« Vos dieux du Chaos ne sont plus », dit Kwll. « Avec l'aide de mon frère, je les ai tous anéantis, ainsi que leurs partisans.

— Je vous remercie », dit Corum, la voix épaisse. « Et le Seigneur Arkyn vous remerciera également. »

Kwll gloussa. « Je ne crois pas.

— Pourquoi... Pourquoi cela ?

— Pour faire bonne mesure, nous avons aussi massacré les Seigneurs de la Loi. Maintenant, vous, les mortels, vous êtes libérés de tous dieux sur ces Plans.

— Mais Arkyn... Arkyn était bon...

— Trouvez la même bonté en vous-mêmes, si c'est ce que vous révérez. C'est le temps de la Conjonction du Million de Sphères, ce qui signifie des changements... de profondes modifications à la nature même de l'existence. Peut-être était-ce notre rôle... débarrasser les Quinze Plans de leurs dieux imbéciles et de leurs manigances encore plus stupides.

— Mais la Balance ?...

— Qu'elle oscille à son gré ! Elle n'a plus rien à peser. Vous êtes livré à vous-même, mortel... vous et toute votre espèce. Adieu ! »

Corum voulut parler, mais la douleur de sa cuisse submergea en lui toute pensée.

Il perdit enfin connaissance.

Une fois encore, la voix de Kwll aux multiples tonalités résonna sous son crâne avant qu'il eût perdu tout sentiment.

« Maintenant, vous avez la possibilité de façonner votre propre destin ! »

ÉPILOGUE

Le pays s'était remis et les mortels vaquaient à leurs travaux, restaurant ce qui avait été détruit. Un nouveau Roi régnait sur Lywm-an-Esh et les Vadhaghs rescapés avaient regagné leurs châteaux.

Au château d'Erorn, près de la mer, Corum Jhaelen Irsei, le Prince à la Robe Écarlate, recouvrait la santé grâce aux potions de Jhary-a-Conel et aux bons soins de Dame Rhalina.

Il s'était trouvé une nouvelle occupation en se rappelant ce qu'il avait vu dans la maison du médecin, sur le Plan de Dame Jane Pentallyon : la fabrication des mains artificielles. Il n'en avait pas encore agencé une seule qui lui donnât satisfaction.

Un jour, Jhary arriva, chapeau sur la tête, sac sur le dos, chat sur l'épaule, et leur dit au revoir avec regret. Ils le prièrent de rester, de jouir de la paix bien gagnée.

« Car un monde sans dieux est un monde où il n'y a guère à craindre », déclara Corum.

« C'est la vérité », convint Jhary.

« Alors, restez ! » dit Rhalina.

« Mais je pars justement à la recherche de mondes où règnent encore les dieux, car je ne suis adapté à aucun autre. Et puis, ajouta-t-il, je me détesterais si je me mettais à me reprocher tous mes malheurs. Cela ne m'irait pas du tout ! Les dieux... le sentiment de l'omniscience non loin de moi... les démons... les destins qu'on ne saurait refuser... le mal absolu... le bien absolu... il me faut tout cela. »

Corum sourit. « Alors, partez si vous voulez, mais rappelez-vous que nous vous aimons ! Et ne désespérez pas tout à fait de ce monde-ci, Jhary ! On peut toujours créer de nouveaux dieux ! »

Ainsi s'achève le Troisième Livre de Corum.

TABLE DES MATIÈRES

PREMIÈRE PARTIE

Où le Prince Corum voit la sérénité faire place au conflit

DEUXIÈME PARTIE

Où le Prince Corum et ses compagnons découvrent la pleine portée du Chaos et de ses intentions, apprenant en outre de nouveaux détails relatifs à la nature du temps et de l'identité

TROISIÈME PARTIE

Où le Prince Corum découvre bien autre chose que Tanelorn

Achevé d'imprimer sur les presses de

BUSSIÈRE

GROUPE CPI

à Saint-Amand-Montrond (Cher)
en avril 2004

POCKET - 12, avenue d'Italie - 75627 Paris Cedex 13
Tél. : 01-44-16-05-00

— N° d'imp. : 42293. —
Dépôt légal : Septembre 1992.
(Suite du premier tirage : Mai 2004)

Imprimé en France